네 개의 심장, 하나의 이야기

네 개의 심장, 하나의 이야기

한 방송사의 프로그램을 함께하면서 엄마와 만난 네쌍둥이와 만남은
아주 어린 시기였습니다. 저의 제안으로 시작된 가정안식일과 밥상머
리교육은 네쌍둥이인 이준헌, 이승헌, 이채헌, 이지헌 네 남매의 맨처
음 시작한 가정학교였습니다. 5년 정도 함께한 네 남매의 만남은 지금
도 생생합니다. 아이들의 기억에는 희미하지만 저와 부모님과 네 아이
들과 만남은 아이들의 성장의 밑거름이 되었다고 생각합니다. 그 이후
에 고등학생이 되어 그동안 성장 과정을 상세히 기록한 이야기를 담은
책의 출간소식을 듣고 기뻐했습니다. 진심으로 축하하고 추천합니다.

이들의 이야기는 한국에서 아홉 번째 네쌍둥이로 태어난 특별한 배경
부터 시작해, 캐나다에서의 1년 3개월 유학 생활과 그 후 한국 공교육
및 국제학교로의 전환기를 포함한 다양한 교육 환경에서의 적응을 다룹
니다. 특히, 네 쌍둥이 형제자매 간의 긴밀한 관계, 각자의 개성, 그리고

함께이기에 가능한 학교 생활의 기술 등이 생생하게 묘사되며, 이들이 겪은 교환학생 프로그램과 선교 여행 등의 다채로운 모험과 경험을 통해 신앙과 가족의 소중함을 깨달아가는 과정이 담겨 있습니다. 특히 이들의 미래에 대한 기대와 함께, 가정 안식일이라는 특별한 전통이 지금까지도 가정문화로 지켜온 것에 박수를 보냅니다.

이것은 이들에게 평생동안 영향을 미치는 특별한 사건이라 믿습니다. 부모님과 네쌍둥이가 서로에게 전하는 감사와 축복의 메시지를 통해 가족 공동체의 가치를 전하는 책이 되길 기도하면서 적극 추천합니다.

이대희
전 서울장신대 교수 · "유대인의 밥상머리 자녀교육법", "한국인의 밥상머리 자녀교육법" 저자

네 개의 심장,
하나의 이야기

'네 개의 심장, 하나의 이야기' 원고를 받고 얼마나 재미있는지 단숨에 읽어내려갔다. 네 쌍둥이가 모태에 있을 때부터 지켜본 사람으로 모든 장면이 눈에 선하게 그려졌다. 네 쌍둥이와 부모님의 지난 세월은 기적의 연속이었다. 25만분의 1로 잉태된 것도 기적, 산모와 태아들 모두 위험할 수 있다는 의사의 경고에도 불구하고 기도 가운데 출생한 것도 기적, 그리고 이렇게 멋지게 성장한 것도 기적이다. 이 가정의 이야기는 살아계신 하나님을 빼놓고는 성립될 수 없다. 그런 점에서 그들의 이야기는 하나님의 이야기이기도 하다. 한 아이를 키우는 것도 버거워하는 요즘 시대에 네 쌍둥이를 키우는 게 얼마나 힘들었을지 우리의 상상을 초월할 것이다. 눈물의 기도와 말씀대로 살려는 몸부림이 있었다. 그런 부모님을 보면서 자란 네 쌍둥이가 이제는 부모님의 은혜를 깊이 깨닫고 존경과 사랑을 보내는 모습은 정말 감동적이다. 이렇게 의젓하게 자란 아이들의 진솔한 고백과 그들에게 보내는 부모님의 따뜻한 메시지가 담긴 에필로그를 읽는 순간에는 나도 모르게 눈물이 났다. 정말 잘 자랐구나! 정말 잘 키우셨구나!

이런 감동 때문이었다. 한마디로 네 쌍둥이의 아름다운 성장은 하나님의 전인교육이 만들어낸 아름다운 작품이다. 부모의 성경적 가르침과 기도, 그리고 삶의 모범이 그들을 지성, 인성, 영성의 조화와 균형을 갖춘 어엿한 그리스도인으로 세운 것이다. 이제 내년이면 대학 진학으로 각자의 길을 찾아 흩어지겠지만, 보이지 않는 끈으로 하나 되어 멋진 미래를 만들어갈 것이다.

네 쌍둥이의 기적은 아직 끝나지 않았다. 무궁무진한 현재진행형이다. 지금까지의 기적보다 더 풍성하고 놀라운 기적이 계속 펼쳐질 것 같아 벌써부터 후속편이 기다려진다. 스스로에게 다짐해 본다. 오래오래 살아야지. 하나님이 이루어주실 네 쌍둥이의 미래가 너무 궁금하니까. 그런 마음으로 이 땅의 모든 부모님과 아이들에게 일독을 권해본다.

홍문수

현 신반포교회 담임목사 · 미션 파트너스 위원장 · 국제풀뿌리선교회 이사장 · 불어권선교회 명예이사장

네 개의 심장,
하나의 이야기

네 개의 심장,
하나의 이야기

이준헌
이승헌
이채헌
이지헌

Four Hearts,
One Story

차례

1부.
네쌍둥이의 모든 것

2부.
우리들의 첫 모험 : 캐나다

3부.
돌아온 자리 : 귀국과 한국 중학교 시절

4부.
성장의 모서리

5부.
또 다른 모험 : 미국유학과 선교여행

6부.
미래를 향한 발걸음

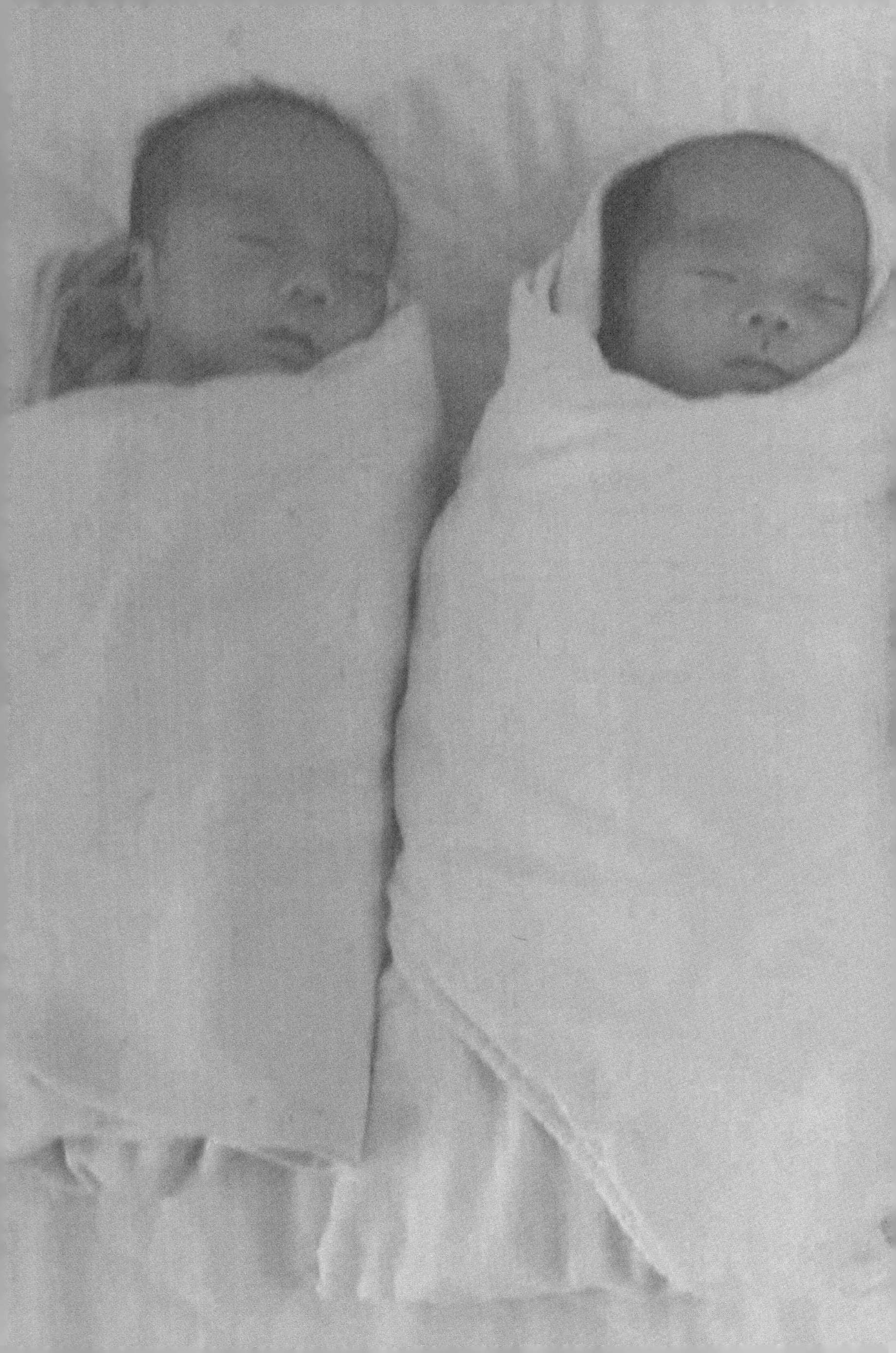

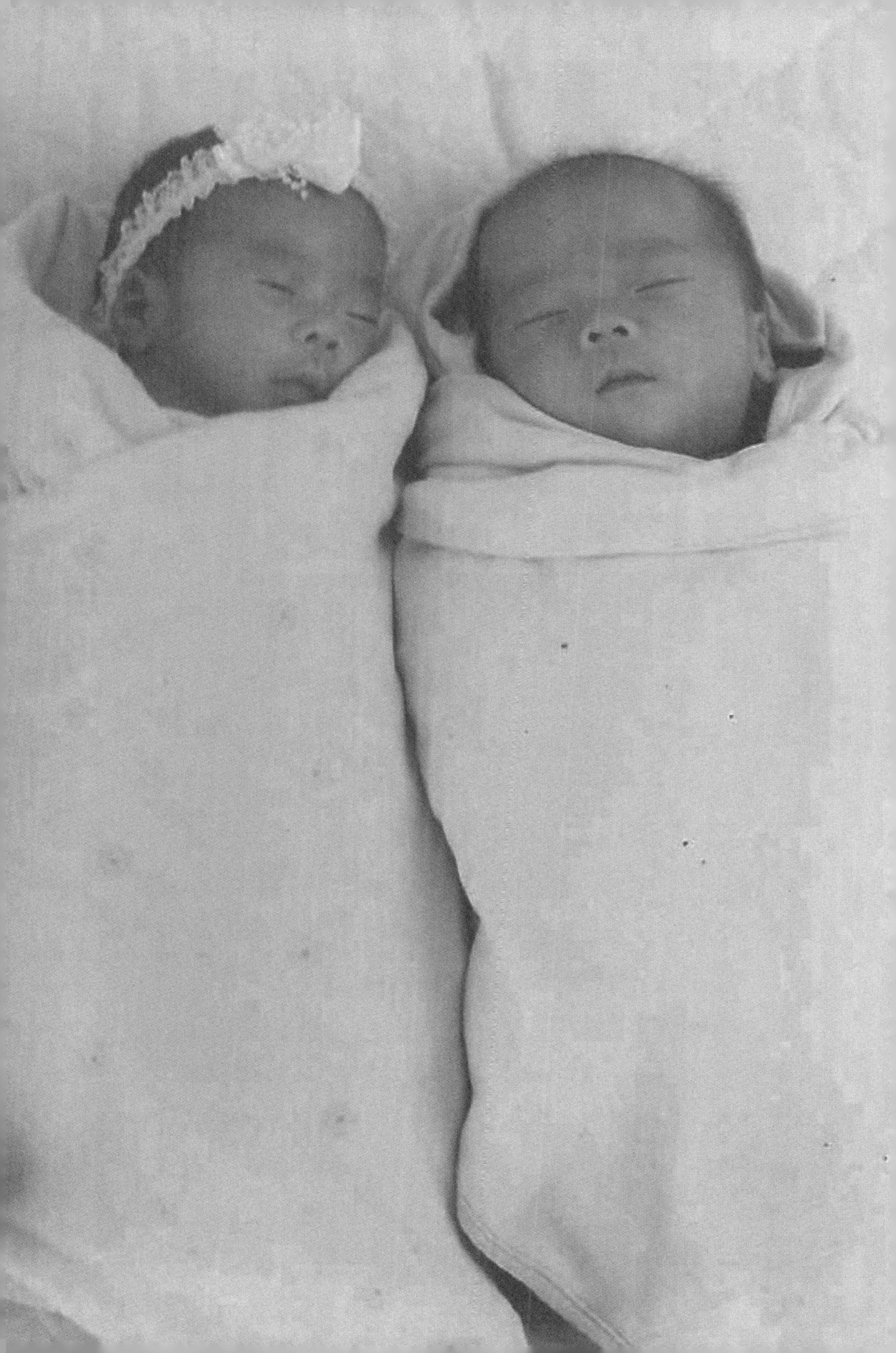

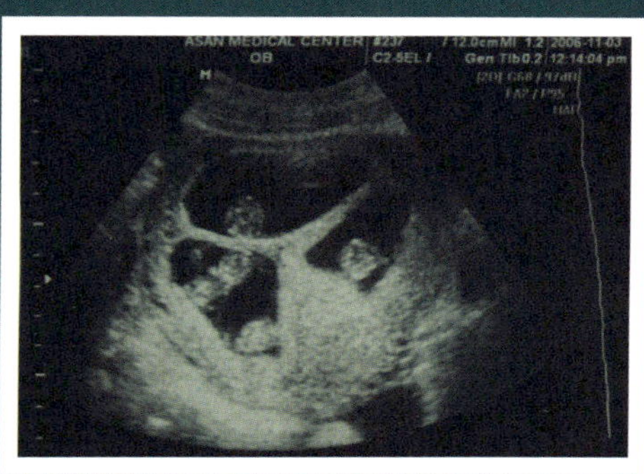

우리는 넷, 네쌍둥이입니다.

저희에게는 특별한 탄생 이야기가 있어요. 부모님을 기도할
수밖에 없는 상황으로 몰아가신, 하나님의 특별한 작품이라고
할까요. 건강했던 엄마는 두 번이나 자궁외임신을 겪으셨어요.
4주, 5주 차까지는 의사 선생님께서 "자궁도 튼튼하고
정상입니다."라고 말씀하셨는데, 두 번 모두 똑같이 6주 차에
나팔관에서 자궁외임신 수술을 하셔야 했던 거죠.
쌍둥이 내력이 전혀 없는 집안에 우리를 주시려는 하나님의
계획은 그렇게 큰 시련 속에서 시작되었답니다. 엄마에게 처음
이식된 수정란은 세 개였는데, 보통은 그중 하나라도 자라주길

바라는 마음으로 시도하는 거래요. 그런데 저희는 그 셋
가운데 하나가 자연스럽게 분리되면서 결국 네 개의 생명체가
되었답니다. 이런 경우는 25만 분의 1 확률이라고 하더라고요.
그렇게 저희 넷이 시작되었어요.
하지만 기쁨도 잠시, 의사 선생님은 부모님께 이렇게
말씀하셨습니다.
"산모와 아기 모두 위험할 수 있습니다. 넷 중 두 명은
포기하셔야 합니다. 10주가 되기 전에 결정하셔야 합니다."
부모님은 그 말을 받아들일 수 없었습니다. 그래서 가능한 모든
병원을 찾아다니며 희망을 붙잡으려 했지만, 돌아오는 대답은
언제나 같았습니다.
"안 됩니다."
그때 의사 선생님이 저희 엄마에게 4명을 다 낳으면 생명까지
위험할 수 있다고, 둘은 포기해야 한다고 했어요. 그런데
부모님께선 생명은 하나님의 손에 달려 있다고 믿으셨어요.
기도하면서 어떤 결과든 받아들이기로 하셨대요.
우리의 네 개의 심장은, 그렇게 하나의 기적 속에서 함께 뛰기
시작했습니다. 엄마 뱃속이라는 신비로운 공간에서부터 우리는
서로의 존재를 느끼며 함께였고, 서상 밖 '인큐베이터'라는
작은 유리벽 안에서도 함께했던 생명력을 느끼며 첫 번째
생존의 싸움을 시작했지요.

네 개의 심장,
하나의 이야기

가장 먼저 세상의 빛을 본 첫째, 준헌이의 듬직하고 조용한
존재감. 그 뒤를 따라 활기차고 유쾌한 에너지로 주변을 환하게
밝히는 둘째, 승헌. 섬세하고 따뜻하면서도 강단 있는, 유일한
딸 채헌. 그리고 마지막으로 밝은 미소와 수용적인 마음으로
모두를 편안하게 해주는 막내, 지헌까지, 우리는 저마다
고유한 색깔을 가진 네 명의 사람입니다.
하지만 언제나 '네쌍둥이'라는 하나의 이름 아래 함께
걸어왔습니다. 이 책은 단순히 네 명의 아이가 자라는 과정을
담은 이야기가 아닙니다. 함께여서 더 특별했고, 함께라서 더
어려웠던 성장의 시간, 그 속에서 우리가 서로의 거울이 되고
버팀목이 되어온 과정을 담은 진짜 이야기입니다.
때로는 다투고, 서로에게 상처를 주기도 했지만, 결국 우리는
서로를 통해 타협을 배우고, 함께 이겨내는 법을 익혔습니다.
서로를 통해 성장했고, 사랑하는 법을 배웠습니다. 이 책을
읽는 독자 여러분께, 우리의 이야기가 작은 울림이 되고,
따뜻한 미소가 되었으면 좋겠습니다.
그리고 여러분의 삶 속에서도 각자의 '심쿵'하는 순간이
피어나길 바랍니다. 우리의 기적은, 아직 끝나지 않았으니까요.

2025년 8월

준헌, 승헌, 채헌, 지헌

"저는요!"
첫째, 이준헌입니다

안녕하세요, 저는 네쌍둥이 중 첫째, 준헌이에요. 몇 분 차이이긴 해도, 맏형은 맏형이라 그런지 저도 모르게 '형이니까'라는 생각이 있어요. 어릴 땐 좀 활발했어요. 축구, 농구, 배구 같은 운동도 좋아했고, 친구들이랑 노는 걸 진짜

좋아했어요. 근데 커가면서는 살짝 낯가리는 면도 생겼어요. 그래도 기본적으로 사람 만나는 걸 좋아하고, 잘 어울리는 편이에요. 저는 남 도와주는 거, 챙겨주는 거에 보람을 느껴요. 누가 뭘 부탁하면 왠지 모르게 해주고 싶은 마음은 뭔가 같이 나누는 느낌이 좋아서라고 할까요.

네 개의 심장,
하나의 이야기

저는 낙천적인 편이에요. 관심 있는 일엔 푹 빠지고, 관심이
없으면… 솔직히 책임감이 부족할 때도 있었죠. 지금은 그런
부분 고치려고 많이 애쓰고 있어요. '내가 흥미 없다고 해도
해야 할 건 하자' 뭐 이런 식으로. 그리고 되게 논리적인
스타일이에요. 수학 같은 과목도 좋아하고, 머리 쓰는 거
좋아해요. 뭐 하나에 꽂히면 그거 엄청 파는 스타일이고요.
저는 틀에 박힌 걸 별로 안 좋아해요. 예를 들어 집에서는 용돈
받으려면 계획표 쓰고, 설교 쓰고, 뭐 절차가 복잡하거든요.
근데 저는 그냥 중고거래해서 제 용돈은 제가 벌었어요.
사람 만나서 파는 것도 재밌고, 뭔가 제가 선택하고 움직이는
느낌이 좋았어요.

진로는 아직 정하진 않았어요. 근데 한 가지는 분명해요.
저는 좋은 영향 주는 사람이 되고 싶어요. 그게 어떤 형태가
됐든, 누군가한테 긍정적인 자극을 주는 그런 사람이요.
지금 이 글도, 누군가한테 그런 느낌으로 닿았으면 좋겠어요.

승헌이의 시선
준헌이는요! 우리 넷 중에서 준헌이는 '조금 다른 세상에서
노는 사람' 같아요. 우리가 셋이 어느 선 안에서 움직인다면,
준헌이는 바깥 선에서 걸어요. 쉽게 말하면, 남들이 안 하는

걸 제일 먼저 해보는 스타일이에요. 저희는 용돈 받으려면
우리 집의 규칙대로 해야 하는데, 준헌이는 그게 답답한지
중고나라에서 직접 물건 팔아서 돈 벌더라고요. 그것도 은근
잘해요. 밖에 자주 나가기도 하고, 약간 모험가 같기도 해요.
그리고 진짜 잠이 많아요. 저희 중에 제일 많아요. 신기한
건, 무조건 자는 건 아니고, '진짜 중요한 날'엔 일어나요. 꼭
필요한 날엔 딱 일어나고, 아닌 날엔 과감히 그냥 더 자요.
자기 기준이 진짜 뚜렷한 사람이라는 뜻이죠.

채헌이의 시선
준헌이는 '형'이라는 느낌이 진짜 있어요. 뭔가 든든하고,
책임감 있고, 다정하고. 저는 혼자 있는 걸 좋아하는 성격인데,
준헌이는 반대에 가까워요. 사람 좋아하고, 베푸는 거 되게
자연스럽게 해요. 예전에 제가 저녁도 안 먹고 새벽 2시까지
깨어 있었는데, 갑자기 준헌이가 라면이랑 체다치즈를
사오더니 끓여줬어요. 말도 없이. 심지어 설거지까지 다 하고,
아무 말 없이 자기 방으로 가더라고요. 그때 진짜 감동했어요.
평소에 무심한 척하면서도 정말 따뜻한 면이 있는 사람이에요.
완전 츤데레 스타일. 그리고 예고 없이 옷도 가끔 사줘요.
그런 거 보면 진짜 다정하죠. 괜히 맏형이 아닌 것 같아요.

지헌이의 시선

준헌이는 친구도 많고, 밖에 자주 나가고, 진짜 사교적인
사람이에요. 마음도 착하고, 잘 베풀어요. 그리고 자기가
좋아하는 분야엔 진짜 집중을 잘해요. 논리적으로도 생각하고,
주장할 때 말도 되게 조리 있게 해요. 제가 봤을 땐 자기 기준이
되게 명확한 사람이에요. 왜 그렇게 행동하는지 '백(back)'이
있어요. 이유가 딱 있어요. 물론 가끔은 이해 안 되는 행동도
하지만요! 저는 그것도 자신만의 개성이라고 여겨요. 자기
세계가 분명한 사람이니까요.
정리하자면 준헌이는 첫째로서 '무게'를 가지고 있으면서도,
동시에 자기만의 색깔이 아주 뚜렷한 사람이에요. 형제들
안에서 가장 넓은 시야를 가지고, 가장 바깥으로 나아가는
사람. 무심한 듯 말해도, 따뜻한 마음으로 행동하는 사람.
그리고 누구보다 자기 기준에 충실하면서, 동시에 좋은 영향을
주고 싶어 하는 그런 사람이에요.

둘째, 이승헌입니다

안녕하세요. 저는 네쌍둥이 중 둘째, 이승헌이에요!
어릴 적부터 세 명의 형제들과 함께 생활하면서 저는

자연스럽게 분위기를 읽고
조율하는 사람으로 자라온 것
같아요. 둘째라서 그런지도
몰라도, 네 명 중에서도 유독
밝고 장난기 많고 낯가림 없는
성격을 가진 편이에요.
저는 어색한 분위기를
견디지 못해서 낯선 사람들
사이에서도 먼저 말을 걸고,

분위기를 부드럽게 만들기 위해 장난을 치거나 농담을 하기도
해요. 이런 성향 덕분에 친구들과도 쉽게 가까워지고, 무리
안에서 중심 역할을 맡을 때도 종종 있어요. 형제들과 자주
부딪히고 함께 자라면서 다퉜던 경험들이 저를 눈치 빠르고
감정에 민감한 사람으로 만들어준 것 같아요. 감정의 변화를 잘
알아차리는 편이에요.
그렇다고 해서 제가 항상 진지하거나 감성적인 사람은
아니에요. 저는 꽤 낙천적인 성격이에요. 일이 잘 안 풀려도
"뭐 어때, 다 괜찮아질 거야!"라고 웃으며 넘길 수 있는,
긍정의 힘을 믿는 사람이에요. 물론 너무 낙천적인 성격이
때로는 미루는 습관으로 이어져 단점이 되기도 해요. 대신
관심 있는 일에는 몰입력이 엄청나게 높아요. 무언가에 꽂히면

네 개의 심장,
하나의 이야기

밤새워서라도 해내는 스타일이에요.

저는 농구를 정말 좋아해요. 활동하는 걸 좋아해요. 열심히
연습해서 경기에 임하고, 팀원들과 패스를 주고받으며 함께할
때 정말 즐거워요. 친구들과 농담을 주고받고 같이 웃는
순간들도 저에게는 큰 기쁨이에요. 저는 사람들과의 관계
속에 있을 때 살아있는 기분이 들고, 좋은 영향을 끼치고 싶은
사람입니다.

채헌이의 시선

승헌이는 저희랑은 달리 감성적인 편이에요. 감성이라 해야
하나, 배려심이라 해야 하나? 어쨌든 남을 진짜 잘 챙겨요.
저랑 준헌이는 뭔가 표현하는 걸 못해요. 특히 부모님한테요.
감사하단 말이나 사랑한다는 말 같은 거요. 근데 승헌이는
그런 말을 되게 자연스럽게 해요.
"엄마 오늘 고마웠어요" 이렇게 말이죠. 저희는 그거 하라면
쑥스러워서 입이 안 떨어지는데….
그래서 승헌이가 저희 가족 안에서는 분위기 메이커예요.
뭔가 마음 따뜻하게 만드는 그런 역할이요. 또 네 명 중에서
싸우거나, 부모님이랑 의견이 안 맞을 때도 꼭 승헌이가
중간에서 중재해줘요. 누구 편 안 들고, 제3자의 입장에서

상황을 말해주죠. 그게 저는 진짜 멋있다고 생각해요.

준헌이의 시선

채헌이가 말한 감성 있는 면도 맞는데, 승헌이는 또 은근
논리적인 면도 있어요. 저는 MBTI에서 T거든요. 좀
논리적으로 말하고 사고하는 걸 좋아하는데, 승헌이도 은근
그런 스타일이에요. 감성적이라도 생각이 정리돼 있어서 말할
때도 조리 있고요. 또, 낙천적인 건 저랑 비슷한데, 뭐랄까…
시험 기간 되면 딱 집중해서 공부하는 모습 보면 진짜 집중력
대단하다고 느껴요. 한번 마음먹으면 끝까지 파고드는
스타일이긴 해요. 흐물흐물할 때도 있지만, 할 땐 확실히
합니다!

지헌이의 시선

저도 조금만 덧붙이자면, 승헌이는 자기가 좋아하는 거나
관심 있는 일에는 세심하고 꼼꼼해요. 디테일한 거 하나하나까지
신경 쓰고, 그럴 때 보면 약간 완벽주의자 같기도 해요. 말도
잘하고, 분위기 흐리지 않게 잘 웃기고, 웃을 땐 웃고, 진지할
땐 또 되게 진지하고요. 균형감각이 굉장히 좋아요. 무엇보다도
배려심이 많아요. 사람들 기분 같은 걸 미리 생각하면서 말하고
행동하는 거 보면, '와 진짜 착하다' 싶을 때 많아요. 상대방이

네 개의 심장,
하나의 이야기

어떤 행동에 기분 나쁠 수 있을지 미리 생각하고 행동하는
게 보여요. 그래서 저는 승헌이가 되게 따뜻한 사람이라고
생각해요.

셋째, 이채헌입니다

저는 네쌍둥이 중 유일한
여자입니다.
어릴 때부터 남자 셋 사이에서
살아남으려다 보니까,
자연스럽게 강단 있고 좀
단단한 성격이 된 것 같아요.
맨날 이리 치이고 저리 치이다

보니깐요. 장난치다 싸우기도
하고, 또 친구처럼 지내기도
하고, 가끔은 그냥 완전 다른
독립적인 사람처럼 지내기도 하고요. 그래서인지 제 성격이 좀
털털한 편이에요.
처음엔 낯을 조금 가리지만, 친해지면 말도 많고 장난도 잘
치는 그런 스타일이에요. 어릴 땐 좀 더 외향적이었는데, 나이

들면서 조용한 시간을 즐기고 혼자 있는 게 편해졌어요.
근데 그렇다고 활동적인 걸 안 좋아하는 건 아니고요! 춤추는
것도 좋아하고, 농구도 여전히 좋아해요.
그리고 진짜 중요한 거 하나, 전 먹는 걸 정말 좋아해요. 맛있는
거 먹을 때면 걱정도 스트레스도 싹 사라지더라고요. 그래서
"아니, 맛있는 거 없으면 인생에서 무슨 재미로 살아?"라는
생각도 자주 해요. 음식은 제 행복이자 원동력이에요.

저는 책임감이 꽤 강한 편이에요. 주변에서는
완벽주의자라고들 하는데, 전 사실 그런 줄 몰랐어요. 근데
가만 생각해보니까, 제가 관심 있는 일엔 진짜 완벽하게 하려고
하더라고요. 예를 들어 조별 과제에서 제가 리더가 되면 실수
하나도 안 생기게 하려고 막 꼼꼼하게 체크하고 완전 열심히
해요. 하고 싶은 일이나 내가 책임져야 할 일에는 끝장을
보는 스타일이에요. 싫어도, 귀찮아도, 일단 해야 되니까
끝까지 하는 거죠. 그래서 부모님이 "채헌이는 끈기가 진짜
대단하다"라고 자주 말씀하시기도 해요
진로는 아직 뚜렷하게 정해지지 않았지만, 느려도 인생의
목표나 방향을 꼭 찾고 싶어요. 이 책이 그런 걸 찾고 있는
누군가에게 조금이라도 도움이 됐으면 좋겠어요.
지금까지 저는 제 삶을 깊게 돌아보지 않았어요. 하지만 이

네 개의 심장,
하나의 이야기

책을 쓰며 태어났을 때부터 지금까지의 삶을 돌아볼 기회가
되었고 제가 지금까지 자랄 수 있었던 것은 부모님을 포함한
주변 사람들의 도움과 하나님의 인도하심 덕분임을 깨닫게
됐어요. 그래서 전 이 책을 읽는 사람들이 잠시라도 자신의 삶을
되돌아보고 감사를 찾는 기회를 얻길 바라요.

준헌이의 시선

채헌이는 진짜 의지가 강해요! 독하다고 해도 될까요?
저희도 좋아하는 거에 빠지면 엄청 몰입하긴 해요. 예전에
제가 수학에 빠졌던 적도 있었고, 우리가 다 농구에 빠졌을 땐
종일 농구 얘기만 했고요. 그런데 저희는 좋아하는 일에 주로
그러거든요. 채헌이는 흥미가 없어도, 재미가 없어도 책임감
때문에 끝까지 해요. 저희는 미루는 스타일인데, 채헌이는
끝까지 밀고 나가요. 그게 진짜 멋있어요.
그리고 살짝 털털한 느낌도 있어요. 저희 셋이 다 남자라서
그런가? 같이 자라다 보니까 남자애들 마음도 잘 알고,
채헌이는 '여자애들'이라고 하면 떠오르는 그런 이미지와는
조금 다른 스타일이에요. 그래도 물론 화장도 하고 예쁜 것도
좋아하는 여자죠. 근데 그 안에 털털함이 있어서 우리가 되게
편하게 지낼 수 있어요. 저희 삶에 여성스러움(?)을 더해주는
존재이기도 해요. 저희끼리 있으면 맨날 농구하고 게임만 할

텐데, 채헌이가 사진도 찍고 SNS에 스토리도 올리고! 솔직히 우리가 어디 여행 갔다는 걸 친구들이 아는 건 다 채헌이가 올리는 스토리 덕분이에요. 그리고 사진도 잘 찍어요. 인스타 각 제대로 나옵니다.

승헌이의 시선

채헌이는 책임감 강해요. 예를 들어 아빠가 우리한테 어떤 과제를 줬을 때, 저희 셋은 우왕좌왕하는데 채헌이는 멱살 잡고 우리를 끌고 가는 스타일이에요. 그런 모습 보면 '아, 얘 진짜 든든하다' 싶어요. 또 채헌이는 기준이 단단히 있고, 똑 부러지게 말할 줄 알아요. 저희랑 오래 지내서 그런가, 약간 남자들 특유의 무던한 분위기 속에서도 중심 잘 잡는 그런 느낌? 그리고 뭐든 쉽게 포기 안 하고 끝까지 해내는 게 강한 사람 같아요.

지헌이의 시선

저는 예전에 친구 때문에 서운했던 일이 있었는데, 그 얘기를 채헌이한테 털어놨어요. 근데 채헌이가 그냥 들어주기만 하는 게 아니라, "야, 그건 아니지!" 이러면서 딱 잘라서 얘기해주고, 그 친구한테 직접 말도 해줬어요. 전 그런 거 잘 못하거든요. 근데 채헌이는 감정 섞지 않고 또렷하게 말해서

네 개의 심장,
하나의 이야기

든든했어요. 그리고 다들 말했지만, 채헌이는 혼자 여자다
보니까 외로웠을 수도 있을 것 같아요. 근데 보면 그걸 딱히
외로워하지 않고 오히려 혼자 있는 걸 좋아하는 스타일이에요.
독립적인 거죠. 그리고 힘들어도 묵묵히 해내는 사람, 그런
느낌이 강하게 있어요.

넷째, 이지헌입니다

저는 네쌍둥이 중 넷째입니다.
저랑 나이가 똑같은 형제
셋이랑 자랐는데, 그래서
친구 같기도 하고 때로는
많이 싸우기도 했어요. 네
명이 같이 있어서 책임을
미루거나 하고 싶은 걸 바로
못 하는 경우도 많았는데,
어릴 때는 그런 게 당연하다고
생각했어요. 그런데 형제들하고 있을 땐 말을 잘 안 하게 돼요.
네 명이 모이면 제 진짜 모습이나 생각이 가려지는 느낌이에요.
의견 맞추기도 어렵고 갈등도 자주 생기는데, 예전엔

불만이었지만 지금은 그런 환경 덕분에 성장한 것 같아요.
저는 좋아하는 일에는 정말 진심이에요. 어릴 때부터 축구,
게임, 농구, 탁구 같은 운동을 좋아했는데, 잘하고 싶어서
열심히 연습했어요. 잘하게 되면 뿌듯하고 재밌거든요.
근데 단점도 있어요. 시작하기까지 시간이 너무 오래 걸려서,
자꾸 미루다가 마감이 다가와야 겨우 시작해요. 이 습관은
꼭 고치고 싶은데 쉽지 않아요. 또 너무 큰 목표를 세워놓고,
스스로 부담이 되어서 스트레스를 받을 때가 있어요. 그럴 땐
갑자기 공상에 빠지기도 해요. 인플루언서가 돼서 돈 많이 버는
상상 같은 거요, 하하.

상대방이 누구냐에 따라 말이 많을 때도 있고 말이 없을 때도
있어요. 학교에서 친한 친구가 많으면 활발한데, 그렇지 않으면
말을 안 하게 돼요. 낯선 사람 앞에서는 엄청 어색해요. 새로운
사람 만나는 건 별로 좋아하지 않지만, 새로운 환경이나 변화는
좋아해요. 근데 막상 변화를 겪으면 후회하기도 해요.
계획 세우기가 잘 안돼서 계획적인 사람이 되고 싶어요.
경쟁이나 싸움을 싫어해서 예전엔 그냥 참고 넘겼는데, 요즘은
할 말은 하려고 해요. 가족한테는 편해서 그런지 가끔 화를 참지
못하고 툭툭 내뱉을 때도 있어요. 긍정적인 이야기보단 단점에
더 집중하는 편인데 자기애는 있어요.

네 개의 심장,
하나의 이야기

사람들이 저를 겸손하고 순수하다고 하는데, 저는 잘
모르겠어요. 그런 칭찬에 쉽게 동의하지 못해요. "될 대로
돼라", "어떻게든 되겠지" 같은 마음으로 하기 싫은 걸 넘길
때도 많아요.
그래도 지금 제 삶에 감사하는 마음이 더 커요. 불만 있어도
시간이 지나면 감사해지고, 딱히 이유는 없지만 언젠가
꼭 성공할 거라는 확신도 있어요.

준헌이의 시선

제가 생각할 때 지헌이는 수용성이 좋은 친구예요.
부모님이 무슨 말씀을 하셔도 반발하지 않고 잘 받아들이고
양보하는 편이에요. 저나 승헌이는 가끔 반발할 때가 있는데,
지헌이는 그런 게 거의 없어요. 그리고 지헌이는 생각하는
게 독특한 면이 있어요. 게임을 할 때도 혼자 알아서 잘하고,
농구나 탁구 할 때도 자기만의 방식이 있어요. 저랑 다르지만
자기식대로 잘해서 신기하고 좋아 보여요. 지헌이는 정말
정직하고 신실한 친구 같아요. 욕도 안 하고, 하나님 중심의
삶을 사는 것 같은 느낌이에요. 같이 있으면 든든하고,
올곧은 기둥 같은 존재예요.

승헌이의 시선

지헌이는 저희랑 성격이 완전 달라요. 축구할 때도, 농구할
때도 저랑 준헌이는 비슷한 걸 했는데, 지헌이는 항상 다른 걸
골라서 했어요. 혼자 골키퍼를 하거나, 다른 역할을 잘 해내는
모습이 참 신기해요. 그리고 지헌이는 참을성도 많고, 물처럼
어디에나 잘 녹아드는 친구예요. 질 나쁜 애들과는 절대 안
어울리고, 바르고 착하게 자랐다는 게 느껴져요. 가끔은 많이
참다가 한 번씩 터지기도 하는데, 평소에는 양보도 잘하고
착한 면이 커서 가족 모두가 믿고 의지해요.

채헌이의 시선

지헌이는 정말 배려가 많은 친구예요. 준헌이랑 승헌이가
미국으로 1년간 교환학생으로 갔을 때 저랑 지헌이가 많이
붙어 있었는데, 그때 지헌이가 제 기분도 잘 받아주고 많이
이해해 줬어요. 막내라 그런지 더 착하고 양보도 잘해요.
지헌이는 기준이 뚜렷하고, 순수하고 정직한 사람, 웬만하면
다 수용하려는 사람, 싸움보다 평화를 택하고, 신념 있게
행동하는 사람, 그리고 특별히 나서는 것 같진 않은데,
뚜렷한 존재감이 있는 사람 같아요.

네 개의 심장,
하나의 이야기

p.s.

저희가 네쌍둥이라고 다 똑같은 건 아니에요.

같은 날 태어났다고 해서 같은 생각을 하고,

같은 길을 걷는 건 아니거든요.

저희 넷은 다 달라요. 근데 신기하게도,

그 다름 때문에 서로를 더 잘 알게 된 것 같아요.

살다 보면 부딪칠 때도 많고, 또 괜히 감동받을 때도 있고….

그렇게 모여서 결국 하나의 이야기가 되는 거예요.

앞으로 이어질 얘기에는 그냥 형제자매의 일상이 아니라,

똑같이 출발했는데 전혀 다른 방향으로 걸어가는 인생이

담겨있어요. 거기에는 웃음도 있고, 싸움도 있고,

또 금방 풀고 화해하는 저희 모습도 있고요. 시끌벅적한

기억 사이사이에 조용히 속마음을 털어놓는 순간도 있어요.

이제 그 길을 같이 걸어가 보실래요?

저희 네 명의 마음이 하나의 목소리로 시작해 보려고 합니다.

한날 한시에 태어난 우리,
하지만 다 달라요.

한날 한시에 태어난 우리,
하지만 다 달라요.

1부. 네 쌍둥이의 모든 것

1.
우리는 대한민국의 아홉 번째 네쌍둥이입니다

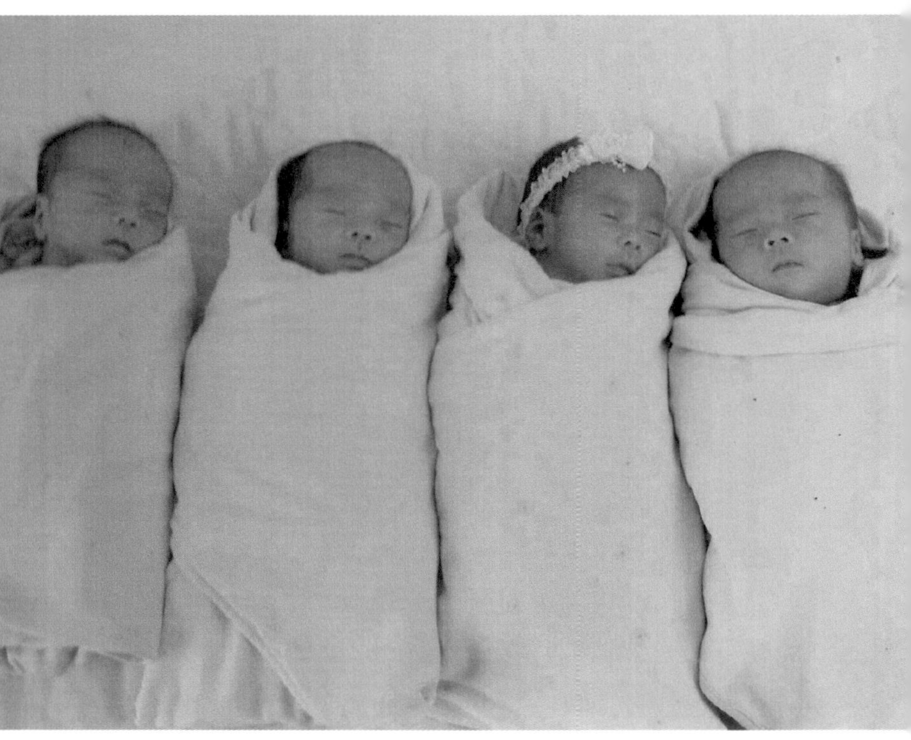

네 개의 심장,
하나의 이야기

사람들이 우리를 보면 신기해해요. 네쌍둥이라서 그런 것도 있지만, 어떻게 태어났냐고 꼭 물어보거든요. 우리 중 준헌이랑 승헌이는 일란성이에요. 그리고 나머지 둘, 채헌이랑 지헌이는 이란성이에요. 그러니까 엄마 배에 네 명이 있었는데, 그중 둘은 똑같이 생긴 형제고 둘은 다르게 생긴 남매였던 거죠. 이게 진짜 신기한 일이라던데, 저희는 그냥 그렇게 태어났어요.

근데 그게 끝이 아니에요. 저희는 10개월 다 채우고 태어난 게 아니라 예정일보다 훨씬 빨리 나와서, 1kg대밖에 안 되는 미숙아였어요. 그래서 네 명 다 태어나자마자 인큐베이터로 들어갔대요. 엄마는 너무 안쓰러워 새벽 찬바람도 마다하지 않고 면회 시간마다 인큐베이터 유리창을 붙잡고 눈물로 기도하셨다고 해요. 출산 과정도 정말 특별했어요. 엄마가 준헌이와 승헌이는 자연분만으로 낳으셨는데, 채헌이와 지헌이는 아기가 위험하지 않도록 제왕절개로 꺼내셨대요. 그래서 엄마는 자연분만과 제왕절개를 모두 경험하신 거죠. 산부인과 선생님들도 깜짝 놀랄 정도였다고 해요. 임신했을 때는 좋아하시던 커피도 끊고, 몸에 좋은 음식만 드시면서 우리 네 명을 품으셨다고 합니다. 태어난 뒤에도 집밥만 챙겨주시고, 맑은 공기 마시라고 일부러 이사까지 하시면서 정성을 다해 키우고 돌봐주셨어요. 그래서인지 지금은 우리 모두 건강하게 잘 자란 것 같아요. 진짜로요. 지금은 네 명 다 학교 농구팀 주전으로 뛸 만큼 건강하게 컸으니, 감사한 일이 정말 많아요. 엄마를 생각하면, 고생 많으셨겠구나 싶어요.

거기다 저희가 대한민국에서는 아홉 번째 네쌍둥이였다 보니까, TV에도 나오고, 섭외 요청도 꽤 있었거든요. 기억나는 건, "여유만만"이라는 프로그램에서 대전 네쌍둥이랑 같이 여행 갔던 일이에요. 지헌이가 거기 여자 쌍둥이 중 한 명이랑 러브라인(?)을 형성했던 것 같기도 하고… 기억이 희미하니 더 재밌었던 것 같아요.

또 한 번은, PD님이 "자는 장면을 찍어야 한다"면서 대낮에 불 다 끄고, 커튼 닫고, 저희보고 자는 척하라고 했던 일도 있었어요. 그때 처음 "방송은 이런 거구나!" 알았어요. 그리고 그 유명한 '스타킹' 프로그램에서도 섭외가 왔었는데, 엄마가 "아직 이십몇 개월 애기들"이라고 거절하셨대요. 그 얘기 듣고, "왜 안 나갔어! 나가면 좋았을 텐데!" 했던 기억도 있어요. 지금은 엄마 생각이 이해돼요. 나중에 우리 힘으로 출연하면 더 멋지죠!

2.
헷갈려도 괜찮아요, 네쌍둥이잖아요!

"우리가 어렸을 때 가장 많이 들었던 말은요…"

준헌 저는 진짜 많이 들었던 말이요, "승헌이~!"예요.

저한테 하는 말이 아닌데도 저한테 하는 줄 알고 반응했을 때도 많았고요. 처음엔 속으로 '왜 나를 못 알아보지?' 싶었는데 너무 많이 들으니까 그냥 익숙해졌어요. 지금은 저희도 많이 달라지긴 해서 조금씩 구별하시긴 하는데, 아직도 헷갈리는 분들 많고요. 근데 엄마랑 아빠는 한 번도 헷갈린 적이 없어요. 가족은 가족이더라고요. 가끔 친구들이 헷갈릴 때마다 '아니 어떻게 나를 모르냐고!' 싶다가도, 뭐 그럴 수도 있겠다 싶어요. 이해해 주려고요!

채헌 "여자 혼자라서 심심하지 않아?"

이 말은 지금도 종종 들어요. 그리고 그 반대도요. "혼자라서 좋겠다! 방도 혼자 쓰고, 예쁨도 닿이 받고." 이런 거요. 사실, 맞긴 맞아요. 저 혼자 방 쓰고요. 엄마 아빠가 딸이라고, 조금 더 신경 써주시긴 하죠.

근데 어릴 땐 형제들 틈에서 만만치 않았어요. 왜냐면, 남자 셋이랑만 놀아야 했거든요. 한 번은 지헌이가 집 안에다가 비눗방울 액을 뿌려놨어요. 그게 투명하잖아요? 저는 몰랐죠. 뛰어가다가 미끄러졌는데… 머리부터 쿵! 그래서 엄

네 개의 심장,
하나의 이야기

마가 저를 안고 응급실 갔어요. 또 한 번은 집 앞 비탈길에서 형제들과 신나게 뛰어놀다가, 남자 형제가 흥이 나서 자기도 모르게 밀었고, 저는 그만 나뒹군 적이 한두 번이 아니에요. 그래서 몸으로 배운 게 참 많아요. 하하.

승헌 전 좀 다른 방향인데요. 저는 채헌이가 부러웠어요. 왜냐면 우리 셋은 모든 걸 같이 썼거든요. 방도 같이 쓰고, 옷도 나눠 입고, 심지어 빨래도 같이 돌렸는데요. 진짜 프라이버시 1도 없었어요. 저는 조용한 걸 되게 좋아하는데, 같이 방 쓰다 보면 기침 한 번, 연필 긁는 소리 하나에도 스트레스 받았어요. 저 혼자 예민해서 싸움도 많이 났죠. 채헌이는 따로 방도 있고, 빨래도 따로 해서 항상 부러웠어요.

그리고 저희 셋은 옷이 비슷해서, 누가 하나 뭐 흘리면 같이 혼나는 구조였거든요. 그때마다 '나도 혼자였으면!' 하고 생각했죠.

아, 맞다, 채헌이가 말했듯이, 저 진짜 예민했어요. 그래도 지금은 많이 나아졌습니다. 인정합니다.

지헌 저는요, 어렸을 때 많이 들은 말이 "너 막내지?" 예요. 왜냐면 키가 제일 작았거든요. 진짜 막내 느낌이었어요. 그래서 주변 사람들도 저를 막내처럼 대해주셨고요. 근데 은근히 그게 싫었어요. 괜히 더 어려 보이고, 뭔가 작아 보여서요. 그래서 제 목표는 항상 '막내처럼 안 보이기!'였어요. 그리고 어느 날, 드디어 채헌이 키를 넘었어요. 그때 누가 저한테 "너 오빠지?"라고 했는데, 그 순간을 아직도 기억해요. 속으로 엄청 기뻤어요.

"나(승헌)도 채헌이 키 넘었을 때 너무 좋았지. 지금은 채헌이가 제일 작습니다."

P.S.

솔직히, 네 명이 같은 날 태어났다는 이유만으로 이름 헷갈리고, 감정 섞이고, 억울했던 적 진짜 많았어요.

어른들 눈엔 그냥 비슷해 보여도, 우리 사이에선 다 다르고, 은근 진지하고, 나름 상처였던 순간들도 있었거든요. 그때는 속상했는데… 지금 생각하면 웃기기도 해요. 그 얘기하면서 다 같이 웃고 있으면 "아, 진짜 우리만 아는 추억이구나" 싶어요. 이건 그냥 '쌍둥이라서 생긴 웃긴 일들'이 아니라, 처음으로 "나도 나만의 사람이구나"하고 느꼈던 순간들이에요. 그 조각들이 모여서 지금의 우리를 만든 것 같아요.

네 개의 심장,
하나의 이야기

이제는 진짜, 네 명이 아닌 '네 사람'이에요.

같이 태어났지만, 각자 자기 길을 걷고 있는 중이에요.

3.
실패로 끝난
위계질서 실험기

"형이야? 누나야? 아, 몰라. 그냥 친구 하자!"

"누가 형이에요?", "누가 동생이에요?" 이런 질문, 저희는 많이 들어요.

근데 솔직히 말씀드리면요, 저희 사이에는 '형', '누나' 이런 거 거의 없어요. 그냥 친구처럼 지내요. 왜냐면 나이 차이도 없고, 학교도 같고, 심지어 친구들도 다 공유하거든요. 그러니까 굳이 위아래 따질 일이 잘 없어요. 근데 어느 날 부모님이 그러셨어요.

"얘들아, 집안에 위계질서가 좀 있어야 하지 않겠니?"(갑자기요? 왜요, 아버지…)

그래서 그때부터 '호칭 실험' 프로젝트가 시작됐어요.

하루는 아빠가 진지하게 말씀하셨어요.

"태어난 순서대로 불러보자. 준헌이는 형, 승헌이는 오빠, 채헌이는 누나, 지헌이는 다 불러라." 지헌이는 그 자리에서 거의 패닉이었죠, 하하.

"네??? 제가 다 불러야 해요?? 그건 불공평하잖아요. 그럼 저도 호칭 붙여주세요!'지헌동생'하면 되잖아요~"

진짜 그때부터 집에서 "지헌동생"이라는 말이 돌아다니기 시작했어요. 심지어 싸울 때도 "지헌동생, 그건 아니지 않아?" 이렇게 말하다가요, 싸움에 몰입이 안 되는 거예요. 진지하게 화내야 되는데, 서로 웃겨서 싸움이 끝나요!

근데 진짜 문제는요, 밖에서도 그걸 유지해야 했다는 거예요. 학교에서 갑자기 "오빠~", "누나~"이러면요, 바로 분위기 싸해져요. 창피하거든요. 친구들 반응도 장난 아니었어요.

"어이없어, 너희 쌍둥이라며. 왜 오빠라 그래?"

"그럼 다 같은 나이 아니야?"이런 말들 때문에 괜히 호칭만 복잡해졌어요. 그래서 결론이요? 그 '위계질서 실험'은 조용히 폐지됐습니다. 지금은요? 그냥 다 "야!"그러든가 이름 불러요. 미쿡식으로요. 제일 편하고, 우리다운 것 같아요.

P.S.

저희는 그냥 '야!'가 제일 잘 어울리는 사람들이에요. 쌍둥이들만의 거리감 없는 친밀함, 자연스럽게 맞춰지는 균형감, 그리고 위아래 없는 평등한 시선이 있거든요. 호칭에 서열 없어도 돼요. 마음만 잘 맞으면 그게 최고예요.

우리 가족, 그걸로 충분해요 :)

네 개의 심장,
하나의 이야기

4.
닮은 듯 다른 듯

닮은 듯한 우리, 따라쟁이라서 그럴까요?

같이 태어났지만, 달라요 "네쌍둥이면 다 똑같이 좋아하고 입고 먹는 거예요?"

이 질문, 많이 들어요.

"네쌍둥이면 다 똑같이 생겼고, 똑같이 입고, 똑같이 좋아하는 거 아냐?" 이런 말도요.

근데요… 전혀 아니에요. 진짜 달라요. 물론 겉보기엔 좀 비슷해 보일 수도 있어요. 근데 성격도, 좋아하는 것도 완전 달라요. 그래도 저희 넷 다 운동은 잘하고 좋아하긴 해요.

유치원 때 있었던 씨름대회 에피소드가 기억나요. 채헌이는 여자 반에서 1등을 했고요. 남자는 두 반이었는데 준헌이랑 승헌이가 같은 반이었고 지헌이는 다른 남자 반이었어요. 지헌이도 자기 반에서 1등을 했어요. 그런데 같은 반인 준헌이랑 승헌이가 결승전에서 붙은 거예요. 마지막 둘이서 1등을 가려야 하는데 무려 1시간 넘게 씨름을 했는데도 승부가 안 나니까, 선생님이 "그냥 공동 1등 하자"고 하셔서 둘 다 상장 받았어요.

결국 넷 다 씨름대회 우승하고 상장 들고 집에 왔죠. 엄마가 보시고 "와, 다 잘했다!" 하시면서 엄청 웃으셨어요.

피구든 농구든 저희는 늘 반에서 상위권이었고요, 특히 농구는 같이 하면서 실력도 다 같이 늘었어요. 쌍둥이의 장점 중 하나가 바로 항상 같이 연습할 사람이 있다는 거예요. 채헌이는 춤도 좋아해요. 혼자 방에서 음악 틀어놓고 춤추는 거 보면 신나 보여요.

그리고 저희만의 특유의 '경쟁 아닌 경쟁' 같은 게 있어요. 누가 교정기 하면 "어? 쟤만 해? 나도 해야지" 이런 느낌이요. 누가 먼저 뭘 하면 다 같이 따라가는 흐름이 자연스럽게 생겨요. 옷도 마찬가지예요. 누가 새 옷 하나 사면 "왜 쟤만 사?" 이런 말 나오고, 엄마가 한 명한테만 뭐 사주면 나머지 셋이 동시에 눈치 줘요. 그래서 저희는 '공평, 공정함'에 대한 감각이 엄청 예민해요. 예를 들어 연어초밥이 8개 있다? 그럼 딱 2개씩 나눠야 해요. 하나 남는다? 그럼 바로 가위바위보 들어가요.

우리 옷장엔 각자의 성격이 있어요

옷 얘기 나오면 할 말 많아요. 예전에는 셋이서 한 벌 돌려 입고 다녔어요. 그땐 셋 다 옷에 관심 없었거든요. 채헌이 빼고요. 채헌이만 혼자 옷에 관심 있었고, 나머지 셋은 엄마가 사주신 거 아무거나 입었어요. 그냥 눈에 보이는 거 입고 나가는 정도였죠.

근데 이 중에 옷에 제일 먼저 눈 뜬 건 지헌이였어요. 무신

사에 처음 들어간 날, 인생 터닝포인트였대요. "와 이거다!"
하고 혼자 감동 받았다고 했어요.

그 영향 받아서 준헌이도 옷에 관심 생겼고요. 처음엔
"쟤(지헌)는 왜 이렇게 열심히 고르지?" 하더니 나중엔 슬쩍
같이 보기 시작했어요. 승헌이는 좀 늦게 시작했어요.

어느 날 엄마가 승헌이 옷장 열어보시더니, "얘는 왜 옷
이 이렇게 없냐…" 하시고 따로 사주셨어요. 그랬더니 형제
들이 "불공평해요!" 하면서 바로 몰아쳤어요. 그제야 승헌이
도 자기 돈으로 옷 사기 시작했어요.

웃긴 건요, 승헌이 옷이 없던 게 아니라 그냥 안 샀던 거였
어요. 근데 엄마는 옷장만 보고 판단하신 거예요. 그래서 괜
히 승헌이만 혜택받은 것처럼 된 거죠. 게다가 저희가 제 돈
으로 산 옷은 눈에 잘 안 띄잖아요. 근데 엄마가 사주신 옷은
딱 보면 티가 나니까 "쟤만 받았어?" 하는 오해 생기기 딱 좋
았어요. 엄마가 사주시는 옷은 퀼리티는 좋아요. 근데 스타
일이 조금… 엄마가 가끔 잘 고르실 때도 있지만 확실히 취
향은 좀 달라요. 사랑은 느껴지는데, 슬직히 가끔 부담스러
웠어요. 예전엔 "알겠어요" 하고 그냥 입었는데 요즘은 "이
건 못 입겠어요" 한답니다!

지금은 다들 자기 스타일이 생겨서 옷장 앞에서 싸우는

일도 거의 없어요. 예전엔 한 벌 두고 가위바위보까지 했는데 지금은 각자 자기가 산 거, 자기가 입어요. 생각해보면, '내가 누군지' 알아가기 시작한 게 그 옷장 앞에서부터였던 것 같기도 해요.

P.S.

우리 진짜 많이 닮았지만,
조금씩 다르게 자라고 있어요.
씨름도 농구도 옷도,
결국은 '나'를 만들어준 기억들이에요.
그때그때 몰랐던 감정들이
이제는 소중한 우리만의 기록이 됐어요.

5.
외모? 텔레파시?
똑같아서 놀랐대요!

네 개의 심장,
하나의 이야기

사람들이 쌍둥이면 진짜 생각이 통하냐, 텔레파시 있냐 이런 거 정말 많이 물어봐요. 솔직히 저희도 가끔 궁금해질 때가 있는데, 확실히 그런 느낌이 들 때가 있어요. 완전 똑같 진 않아도, 가끔 "어?"하고 놀랄 때가 진짜 있거든요. 일란 성이라서 그런가, 준헌이랑 승헌이가 그런 일이 좀 많아요. 둘이 말이 제일 잘 통하는 느낌이고요. 같은 타이밍에 같은 말을 하거나, 같은 부분에서 놀라는 일이 자주 있어요.

한 번은 중국어 수업에서 '경극 가면 만들기' 활동이 있었 어요. 승헌이랑 준헌이는 서로 다른 반이라 만든 걸 못 봤는 데, 나중에 반 전체 가면을 모아서 전시했을 때 보니까 두 사 람이 만든 가면이 너무 똑같은 거예요. 색이랑 무늬까지 거 의 복붙 수준이었어요. 그때 선생님이 "이래서 쌍둥이구나 ~"하시면서 엄청 신기해하셨어요.

사실 저희도 그때 좀 놀랐어요. 또, 친구들 말로는 저희가 종종 똑같은 리액션을 한다고 해요. 선생님들도 그런 말씀 자주 하시고요. 채헌이랑 지헌이는 같은 반이 아닌데, 수업 시간에 선생님이 질문한 것에 지헌이가 대답한 내용이랑 채 헌이가 한 대답이 똑같았다고 하셨어요.
특히 준헌이랑 승헌이는 일란성이라 닮았잖아요. 본인들

은 그렇게까지 닮았다고 생각 안 하는데, 대부분은 둘이 똑같이 생겼다고 생각하거든요. 그래서 생판 모르는 애가 갑자기 승헌이한테 다가와 하이파이브 하면서 장난치고, 엄청 반갑게 인사해서 당황한 적도 있었어요. 알고 보니까 준헌이 친구였던 거죠. 반대로 승헌이 친구가 준헌이한테 그렇게 인사한 적도 있었고요. 이러다 보니 네 친구가 내 친구가 되고, 서로의 친구가 돼요. 결국 친구가 두 배로 늘어난 효과가 생겼죠. 그런 점은 진짜 장점이에요.

사람들은 쌍둥이를 보면 한 번쯤 이런 상상하지 않나요? '서로 바꿔치기해도 모르지 않을까?' 같은 거요. 저희는 진짜로 그걸 해본 적이 있어요. 그날은 준헌이랑 승헌이가 몰래 옷을 바꿔 입고, 서로 상대방의 반에 들어간 거예요. 완전 자연스럽게요. 그런데 놀랍게도 선생님은 물론이고, 아이들 대부분이 눈치를 못 채셨다니까요? 진짜로요. 두 명 빼고 아무도 몰랐어요. 사실 저희도 약간 긴장하긴 했어요. 말투나 행동에서 티 나면 어쩌지 걱정했는데, 생각보다 아무도 이상하게 안 보더라고요.

그래서 '와, 진짜 우리가 똑같긴 똑같구나' 싶었죠. 물론 그땐 얼굴도 완전 판박이라서 가능했던 것 같아요.

요즘은 그런 장난 못 해요. 크면서 조금씩 다르게 생겨가고 있거든요. 누구는 턱선이 달라졌고, 누구는 눈매가 좀 달라졌고…. 아무튼 그때는 어릴 때였기 때문에 가능했던 같아요. 지금 생각해도 진짜 말도 안 되게 재밌었던 추억이에요. '쌍둥이니까 가능한' 그런 순간이랄까요? 그때 몰랐던 선생님이나 친구들이 이 책을 통해 이제 아시게 되겠죠?

이란성 쌍둥이인 채헌이랑 지헌이는 외모는 별로 안 닮았어요. 특히 지헌이는 다른 형제들과 좀 더 다른 것 같아요. 코나 얼굴형도 다르고요. 우리 중에 엄마를 제일 많이 닮았어요. 느낌이 약간 뭐랄까, '엄마 유전자의 대표 선수'? 저희 엄마가 미스유니버시티 한국대회 진 출신이시거든요. 그 미모를 지헌이가 제일 많이 물려받은 것 같아요. 그건 모두 인정해요.

쌍둥이니까 가능한 장난, 쌍둥이라서 생긴 해프닝들, 쌍둥이라서 느끼는 미묘한 신기함. 이건 그냥 우연이 아니라, 오랫동안 함께 자라면서 생긴 서로에 대한 직관 같은 거예요.

우린 서로를 누구보다 잘 알고 있거든요.

우리가 이렇게 닮고, 가끔은 똑같은 생각을 하거나 행동하는 걸 보면 정말 신기할 때가 많아요. 가끔은 '이게 텔레파시인가?' 싶다가도, 그냥 오랜 시간 함께 자라서 서로를 너무 잘 알아서 그런 게 아닐까 하는 생각도 들어요.

서로 다르면서도 닮은 우리, 그리고 특별한 연결고리를 가진 네쌍둥이. 누가 뭐래도 우리 사이만큼은 늘 특별하고, 가끔은 설명할 수 없는 '신기함'으로 가득하답니다.

이런 우리 모습들이 앞으로도 쭉 이어지길, 그리고 더 많은 신기한 순간들이 우리를 기다리고 있길 기대해요!

네 개의 심장,
하나의 이야기

6.
쌍둥이들은
어떤 식으로 싸우나요?

"김치볶음밥 하나에 싸우는 거… 저흰 가능해요."

"3:1 당해본 사람만 안다, 그 억울함."

"밥 먹다 싸우고, 밥 먹으면서 화해하는 거, 이게 진짜 우리 스타일."

"한 입 차이가 전쟁을 만든다!"

"엄마 한마디: 너희는 무조건 한 배를 탄 거야!"

저희 네쌍둥이는 어릴 때부터 자주 싸웠어요. 엄청 자주요. 근데 진짜 사소한 걸로요. 제일 많이 싸우는 이유는 사실 '밥'이에요. 네 명 다 먹는 걸 진짜 좋아하거든요. 그러다 보니까 뭔가 하나라도 불공평하게 나눠지면, 그게 바로 싸움의 시작이에요.

최근에도 싸운 적이 있었어요. 그날은 엄마가 냉면이랑 김치볶음밥을 차려주셨거든요. 냉면은 각자 한 그릇씩이었고, 김치볶음밥은 공동 메뉴였어요. '공동 메뉴'라는 건 사실상 '먼저 먹는 사람이 임자'라는 뜻이기도 해요. 근데 채헌이가 냉면부터 먹고 있었거든요? 그런데 승헌이가 갑자기 김치볶음밥을 막 퍼먹는 거예요. 그거 보자마자 '아, 얘가 다 먹겠다' 싶어서 채헌이는 바로 숟가락 들었어요. 냉면은 잠깐 미뤄두고 김치볶음밥 전쟁에 합류했죠. 근데 그날따라 김치볶음밥이 진짜 너무 맛있는 거예요. 엄마가 해준 음식

네 개의 심장,
하나의 이야기

은 늘 맛있지만, 그날은 진짜 대박이었어요. 그래서 허겁지겁 먹다가 마지막 한 입을 채헌이가 먹었어요. 근데 하필 그 마지막 한 입이, 승헌이가 먹으려고 찜해놨던 거더라고요.

갑자기 승헌이가, "그거 내가 먹으려고 남겨둔 거야!" 이러면서 화를 내는 거예요. 엄마는 옆에서 "그럼 더 해줄게." 하셨는데, 승헌이는 "그게 아니잖아!" 하면서 저한테 막 뭐라고 하는 거예요. 어릴 때부터 이런 걸로 자주 싸웠어요. 사탕 하나, 젤리 하나, 심지어 치킨 닭다리까지… 하나 남으면 진짜 긴장감 장난 아니었거든요. 근데 웃긴 건, 이게 꼭 누구 한 명 잘못이라기보단 네 명이 다 먹성이 좋아서 그랬던 것 같아요.

공평함! 그게 저희에게는 진짜 중요해요. 네 명이니까 뭔가 하나라도 덜 받으면 서운하거든요.

그래서 조그만 차이로도 싸움이 붙었어요. 1대1로 싸우기도 하지만, 3대1이 될 때도 있어요. 예를 들어 한 명이 뭔가 잘못해서 나머지 셋이 피해를 본다? 그럼 셋이 뭉쳐서 한 명을 몰아세워요. 완전 억울하죠. 네 명 다 3대1, 한 번은 다 겪어봤어요. 그럴 땐 진짜 서러워요. 더구나 저희는 누구 하나가 잘못하면 공동 책임을 져야 할 때가 많아요.

엄마는 항상 그러셨어요. "다 같이 책임져야지! 너희는 같은 배를 탄 거라고!"

저희는 그 말을 자주 들었어요. 그래서 가끔은 억울해도 그냥 같이 혼났어요. 연대 책임… 저흰 그 단어를 너무 잘 알아요.

근데 요즘은 솔직히 예전처럼 심하게는 안 싸워요. 나이가 드니까, 치고받는 싸움은 중학교 들어가면서 거의 끝난 것 같아요. 물론 아직도 싸우긴 해요. 근데 한 5분 만에 풀려요. 막 싸우다가도, 밥 먹으면서 인스타 릴스 보여주면서 "야, 이거 봐봐" 이러면 그냥 다시 평화로워져요. 사과 같은 건 잘 안 해요. 근데 그냥 자연스럽게 풀려요. 그게 우리 일상이거든요. 이제는 어릴 때처럼 주먹다짐하는 일은 없어요. 싸우더라도 말로 하고, 빨리 풀고, 가끔은 아예 안 싸우기도 해요.

그러니까… 싸우긴 싸우는데, 저희는 그게 오래 안 가요. 그리고 진짜 중요한 건, 아무리 싸워도 다시 돌아오는 거예요. 밥 한 숟갈로 시작된 싸움도, 결국 밥 한 숟갈로 풀려요. 저희는 그런 관계예요.

네쌍둥이라 좋은 점도 있지만, 솔직히 힘든 점도 많아요.

근데 신기한 건요, 싸우고 돌아서도 결국 다시 돌아온다는 거예요.

그냥… 익숙해요. 익숙한 얼굴, 익숙한 말투, 익숙한 밥상. 뭔가를 나눠야 하고, 참아야 하고, 이해해야 하는 일상이지만, 그 일상이 저희를 진짜 가족으로 만들어준 것 같아요.

어쩌면 '형제'라는 말보다 '팀'이라는 말이 더 어울리는지도 몰라요.

7.
네쌍둥이라서 좋은 점,
안 좋은 점!

네 개의 심장,
하나의 이야기

(1) "심심할 틈이 없어요!" 이건 좋은 점

준헌 어릴 땐 잘 몰랐는데 요즘은 진짜 느껴요. 친구들이 "야, 너희 집 가면 항상 형제들이랑 같이 있잖아" 이러는데, 생각해보면 그 말이 맞는 거예요. 외동 친구들은 혼자 집에 있다가 심심하면 할 게 없대요. 근데 저희는 그냥 옆방 가면 형제들이 있어서 바로 같이 운동하거나 수다 떨 수 있으니까, 심심할 틈이 없어요. 나이 들수록 이게 얼마나 좋은지 더 느껴져요.

승헌 저도요. 집에 가면 항상 누가 말하고 있어서, 오디오가 계속 켜져 있는 느낌이에요. 외동 친구들은 집이 너무 조용하다고 하는데, 우리 집은 밥 먹을 때도 시끌시끌하고, 학교에서 뭐 생기면 바로 단톡방 만들어서 얘기해요. 그리고 친구들도 저희 넷을 다 아니까, 친구 관계도 막 넓어지고 좋아요.

채헌 넷이라서 좋은 점 중에 하나는, 제가 여자잖아요. 그래서 얘네 남자 친구들이랑도 친하고, 제 친구들도 얘들과 다 잘 지내요. 그래서 정보도 많이 공유되고, 도움도 많이 받아요. 그렇다고 누가 혼자만 특별히 이득 보는 건 아니고요,

다들 서로 비슷하게 기대고 의지하는 것 같아요.

지헌 만약 나중에 여자 문제 생기면 채헌이가 잘 도와줄 거예요, 하하. 여자의 심리를 알잖아요.

채헌 그건 맞아요! 그건 내게 맡겨.

(2) 네 배로 웃기고 네 배로 힘든 집

모든 게 4배인 건 스트레스!
하나로 묶어도 곤란하고요
그래도 우리는 함께라서 좋아요!
네쌍둥이라서 생기는 불공평, 복잡함,
그리고 그냥 웃긴 일들

음… 좋은 점도 많지만, 단점도 있어요. 저는 제일 힘든 게 아까도 말했듯이 '연대 책임'인 것 같아요. 한 명이 실수해도 나머지 셋까지 같이 혼나거든요. "같은 배 탔으니까 다 같이 책임져야 해"이런 말 진짜 많이 들었어요. 근데 어릴 땐 너무 억울했어요. 내가 안 했는데 와 혼나야 하지? 네 명이라서 그냥 같이 몰리는 거예요.

채헌 그리고 진짜 중요한 거 하나 있어요. 화장실 문제요. 준헌이랑 승헌이가 1년간 미국 가고 저랑 지헌이만 집에 있을 땐 화장실 엄청 깨끗했거든요? 근데 준헌이랑 승헌이가 교환학생 끝나고 돌아오고 나서부터, 화장실이 거의 전쟁터예요. 사람이 많으니까 어쩔 수 없는 건 알겠는데, 그래도 너무 더러우면 진짜 스트레스예요.

승헌 맞아요. 그리고 저는 진짜 모든 게 4배라는 거 그게 좀 힘들어요. 밥도 네 명 분량, 빨래도 네 명 몫, 집안일도 네 배예요. 예전엔 엄마가 다 해주셨는데, 저희도 이제 크니까 당번 정해서 설거지나 식탁 치우는 건 저희가 해요. 근데 다른 친구들 보면 엄마가 다 해주던데, 그럴 땐 진짜 부러워요.

지헌 저는 학교에서 좀 불편한 게 있어요. 저희가 네쌍둥이라고 그냥 다 같이 묶어서 보는 경우가 많아요. 예를 들면, 한 명이 지각하면 "너희 형제 요즘 왜 다 늦냐." 이런 식이에요. 잘못한 건 한 명인데, 나머지 셋도 같이 욕먹어요. 좀 억울하죠.

채헌 맞아요. 저도 그런 거 느껴요. 저는 과제를 미리미리 해놓는 스타일인데, 얘들은 좀 느긋하거든요. 근데 선생님들이 꼭 저랑 비교하세요. 저한텐 "넌 참 성실하다" 하시고, 얘들한텐 "채헌이는 잘하는데 왜 너희는 그래?" 이러시니까 진짜 좀 피곤해요. 우리가 똑같아야 하는 건 아니잖아요?

승헌 그리고 나랑 준헌이는 특히 외모가 비슷해서 더 그런 것 같아요. 사실 내가 안 한 일인데도, 닮았다는 이유로 같이 혼나거나 같이 묶어서 뭐라 하시는 경우가 많아요. 우리도 각자 다른 사람인데 그냥 개인으로 봐주셨으면 좋겠어요.

그래도 저희 넷은 서로 얘기 진짜 많이 해요. 준헌이랑 제가 제일 잘 통하긴 하는데, 네 명 다 두루두루 잘 지내요.

재밌는 일 생기면 꼭 같이 나누고요. 누가 따로 노는 느낌은 없어요.

지헌 근데 요즘엔 좀 변화가 있어요. 준헌이랑 승헌이가 특히 말이 많고, 저랑 채헌이는 조금 낯가리는 편이에요. 또 관심사에 따라 대화가 나뉘어요. 셋은 농구 얘기 진짜 많이 하고, 저는 헬스에 관심 많아서 그런 쪽 얘기 더 해요. 채헌이랑도 자주 얘기하긴 하는데, 승헌이랑은 관심사가 좀 달라

네 개의 심장,
하나의 이야기

서 요즘은 말이 좀 줄었어요. 결국엔 관심사가 대화 방향을
정하는 것 같아요.

채헌 그리고 저는 여자라 그런지 혼자 있는 걸 좋아하는
성향이 점점 커지고 있어요. 근데 애들이 자꾸 제 방에 들어
오거든요. 쉬고 싶을 때도 막 들어오니까 별로 안 좋아요. 그
래서 그냥 "나가!" 해요. 막 내치는 건 아니고, 저만의 시간이
필요한 거예요. 여자니까요.

준헌 근데 그건 우리만 그런 거 아니고, 여자 형제 있는
집은 다 그래요. 이유도 없이 그냥 들어가고 싶을 때가 있거
든요. 저도 왜 그런지 모르겠는데, 갑자기 문 벌컥 열고 들어
갔다가 침대에 잠깐 누워 있다가 나와요. 그냥 심심해서 그
래요. 별 이유 없어요. ㅋㅋ

(3) 남자 셋, 여자 하나! 채헌이만 여자라서 불편하지는 않나요?
"같이 크는 건 익숙하지만, 가끔은 불편해요"

채헌 음… 말해도 되나? 저는 사실 불편하다기보단 그냥
가족이니까 괜찮긴 해요. 어렸을 때부터 형제들이랑 같이

목욕도 하고 그랬잖아요. 근데 저는 사춘기가 좀 빨리 와서, 초등학교 고학년이나 중학교쯤부터는 샤워할 때 문을 꼭 잠그고 혼자 하려고 했어요. 그런 사생활이 필요했거든요. 근데 세 명 형제들은 아직도 그런 거 별로 신경 안 써요. 샤워하고 나서도 그냥 다 벗고 돌아다니고, 속옷만 입고 거실에 나와 있는 것도 일상이에요. 저는 오히려 너무 익숙해서 그냥 그러려니 하고 넘기긴 해요. 근데 엄마 아빠는 그런 모습 보면 "야, 다 컸잖아. 채헌이한테 예의가 아니다" 이러면서 혼내세요. 요즘도 가끔 그래요. 근데 저요? 사실은 그렇게 불편하진 않아요. 그냥… 그런 거예요. 오래 같이 살아서 그냥 익숙한 거죠.

네 개의 심장,
하나의 이야기

아! 근데 진짜 불편한 거 하나 있어요. 이건 제일 불편했어요. 소변 문제요. 원래 남자들은 소변을 서서 보잖아요? 근데 보통 집은 소변기가 없고 양변기만 있잖아요. 몇 년 전까지만 해도 애들이 변기 커버도 안 올리고 그냥 서서 봤어요. 그러니까 진짜 다 튀고, 다 묻고. 저는 항상 앉아서 볼일 보는데, 그 상태에서 앉으면 너무 찝찝했어요. 휴지로 닦는 것도 귀찮고요. 그래서 진짜 스트레스였어요. 아침에 급하면 그냥 그 상태로 앉아야 할 때도 있었는데, 그러다 보면 기분이 너무 찝찝하고 억울했죠.

한 번은 제가 진지하게 말했어요. "그냥 앉아서 싸보면 안 돼?" 물론 처음엔 애들이 "뭐야ㅋㅋ" 이런 반응이었는데, 아빠가 딱 나서서 "이건 매너의 문제다" 하시고 혼내신 다음부터는 좀 고쳐졌어요. 지금은 다들 배려해야 하는 걸 그냥 받아들여요. 이제는 뭐라 하는 사람 없고, 오히려 다들 조심해요.

(4) 준헌 · 승헌 · 지헌 vs 채헌

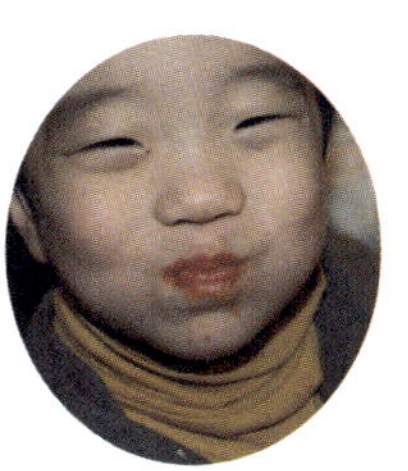

채헌이가 본 삼 형제 분석보고서
준헌이는 잠이 많아요. 진짜요. 엄청

많아요. 그리고 귀차니즘도 제일 심한 것 같아요. 뭐든지 다 귀찮아하는데, 또 운동을 잘하는 건 웃겨요. 셋 다 운동신경은 비슷하긴 한데, 어릴 때부터 보면 준헌이가 조금 더 잘했던 것 같아요. 뭔가 자신감도 있고, 운동 쪽으로는 자기가 제일 뛰어나다고 생각하는 것 같거든요. 요즘엔 친구들이 저한테 "준헌이 진짜 착하다." 이런 말 많이 해요. 갑자기 성격이 바뀐 건지 뭔지는 모르겠는데, 친구들 말을 들어보면 되게 순하대요. 근데 제가 보기엔, 준헌이는 가끔 욱하는 성격 있어요. 평소엔 잘해주다가도, 한 번 화나면 갑자기 폭발해요. 그리고 말도 많은 편은 아니에요. 낯도 좀 가리는 것 같고요. 요즘엔 좀 나아졌는데, 원래는 말 거의 없었어요. 대신에 되게 잘 베풀어요. 친구들한테도 잘하고, 저희한테도 잘해줘요. 자기 돈 막 써요. 그냥 평범한 날인데도 "뭐 사줄까?" 이러면서 막 사주고요. 그런 면에서는 진짜 좋은 형제 같아요.

승헌이는 완전 분위기 메이커예요.
어디를 가나 말이 제일 많고, 저희 네 명 중에서도 승헌이가 제일 말 많아요. 친구들 사이에서도 입담 좋다고 소문났어요. 말도 재밌게 잘하고, 분위기 진짜 잘 살려줘요.
그리고 성격도 좋아요. 물론 애도 살짝 귀찮아하는 스타일이라서 벼락치기 많이 하는 편이에요. 뭔가 준헌이랑 비

숫한 점이 많아요. 운동도 잘하고요. 둘이 워낙 비슷해서 헷갈릴 때도 있어요. 근데 승헌이는 자기가 준헌이보다 키가 살짝 작은데 그 이유가 잠 때문이라는 거예요. 일란성 쌍둥이라 유전자는 똑같은데, 준헌이는 잠을 많이 자서 키가 컸고 자기는 잠이 부족해서 그렇대요. 과학적 실험이라면서 혼자 막 분석하고 그래요. 준헌이가 예전에 시험 때문에 새벽 5시에 일어나야 해서 일부러 11시에 잤는데, 6시간 자고도 너무 피곤했대요. 그때 자기가 잠이 많다는 걸 깨달았다고 하더라고요. 참고로 준헌이는 예전에 아무 걱정 없이 자다가 오후 5시에 일어난 적도 있어요. 휴일이긴 했지만 무려 16시간을 잔 거죠! 그래서 늦게 일어나 학교에 자주 지각하곤 했는데, 12학년이 되고 나서는 지각하지 않는 모습이 참 대견해요. (준헌아, 초등학교 1학년 때 같은 반이었을 때 네가 지각할까 봐 내가 깨우고 챙겨줬던 거, 기억나?) 승헌이는 자주 준헌이로 오해받아요. 또 늦었냐고 혼나는데, 자기는 진짜 억울하대요. "나 딱 한 번 늦었는데 왜 나만 뭐라 해?" 이러면서요.

지헌이는 셋 중에 저랑 제일 겹치는 부분이 많아요.

예전에 준헌이랑 승헌이가 교환학생으로 1년 동안 미국

갔다 왔을 때, 저희 둘만 집에 있었거든요. 그때 더 친해진 것 같아요. 그 이후로는 지헌이랑 교류가 더 많아졌어요. 근데 지헌이는 확실히 결이 좀 달라요. 이란성이라 그런가? 생각하는 방식도 다르고요. 친구들 사이에서는 말이 되게 많은데, 집에서는 진짜 조용해요. 완전 과묵한 편이에요. 처음 보는 사람 앞에서는 낯가림도 심하고요. 친해지면 활발해요. 그래서 가끔 헷갈려요. 집에서는 왜 이렇게 말이 없을까? 저도 이유는 잘 모르겠어요.

키는 저랑 지헌이가 제일 비슷해요. 그래서 지헌이 옷은 제가 많이 빌려 입어요. 지헌이가 옷을 혼자 많이 사거든요. 원래 여자들은 남자 옷 뺏어 입을 수 있는데, 남자들은 반대로 못 하잖아요? 그래서 제가 많이 이용하고 있어요. 하하. 지헌이 성격도 진짜 괜찮아요. 솔직히 셋 모두 성격 좋아요!

우리가 보는 채헌이 (준헌, 승헌, 지헌이가 말해요)

채헌이는 우리 셋이랑은 좀 결이 달라요. 혼자 여자여서 그런 건지, 아니면 원래 성격이 좀 다르게 생긴 건지는 잘 모르겠는데, 어쨌든 되게 차분하고 꾸준한 스타일이에요.

우리는 약간 뭐든지 빠르게 효율적으로 끝내는 걸 좋아

네 개의 심장,
하나의 이야기

하는 편이거든요. 단기간에 팍! 하고 결과 나오는 거에 만족하는 타입인데, 채헌이는 진짜 하나하나 차근차근 쌓아가는 타입이에요. 그래서 그런지 공부든 뭐든 항상 꼼꼼하고 성실하게 잘해요. 그렇다고 채헌이가 공부만 하는 그런 사람은 절대 아니에요. 친구들이랑도 잘 어울리고, 사교성도 좋아요. 농구도 하고요. 솔직히 우리 셋만큼은 아니지만 그래도 주전이고, 여자애들 중에서는 잘하는 편이에요. 그리고 채헌이는 춤도 잘 춰요. 우리 셋은 춤이랑은 그냥 좀 거리가 있거든요. 근데 채헌이는 끼가 있어요. 집중도 잘하고, 딱 무대에 어울리는 느낌이에요. 엄마가 이화여대 현대무용과 전공하셨거든요. 그 유전을 제대로 받은 것 같아요. 물론 예전이랑은 조금 달라진 것도 있어요. 전에는 누가 늦잠 자고 있으면 꼭 깨워주고 그랬는데, 요즘엔 그냥 모른 척 지나갈 때도 있어요. 우리도 다 같이 크고 있다 보니까, 예전보다 서로한테 조금씩 무관심해진 건 있는 것 같아요. 그래도요, 채헌이는 우리한테 꼭 필요한 존재예요. 꼼꼼하고, 사려 깊고, 웃긴 데도 있고요. 가끔 예민할 때도 있는데, 결국엔 진짜 착한 사람이라는 거, 우리 다들 알고 있어요. 인정해요.

p.s.

한 문장으로 정리해보자면,

준헌 : 과묵하지만 단단한 리더형, 운동과 자신감, 자기 주관형

승헌 : 사교적 감성가형, 유머와 눈치, 감정 조율의 중심축

지헌 : 내면형 몰입가, 평화주의자, 집중력 강하고 성취욕

높은 막내

채헌 : '꼼꼼한 사려 깊음'과 '끈기 있는 에너지'의 중심축

8.
부모님의 사랑,
네쌍둥이를 키운다는 건…

채헌 가끔 그런 생각이 들어요. 지헌이는 지금은 그렇지 않지만, 어렸을 때는 잘 먹지 않았고 아기였을 때는 무려 열흘 동안 열병을 앓았다고 해요. 그래서인지 엄마는 지금도 지헌이를 조금은 애틋한 막내처럼 여기시는 것 같아요. 사실 지헌이가 혼자서도 잘 해낼 수 있는 일이 많은데도, 엄마는 여전히 걱정을 많이 하시는 것 같아요. 그래서 어떤 때는 "지헌이 너무 애처럼 대하는 거 아니야?"라는 생각이 들기도 해요. 엄마가 지헌이한테 더 과잉보호 같은 걸 하시는 게 느껴질 때가 있어요.

네 개의 심장,
하나의 이야기

승헌 엄마가 항상 저희한테 공평하게 사랑을 주려고 되게 많이 신경 쓰셨어요. 네 명이다 보니까, 한 명이라도 덜 챙기면 어떡하나 그런 걱정을 늘 하셨던 것 같아요. 그래서 어릴 때부터 엄마는 "내가 너희 네 명한테 똑같이 사랑 주고 있나?" 이런 걸 중요하게 생각하셨어요. 근데 그러다 보니까, 과묵한 지헌이는 표현이 적잖아요. 그게 엄마 눈엔 "지헌이가 기가 죽어 말을 못하나 보다"라고 보시는 것 같아요. 그래서 더 챙기시고, 더 신경을 많이 쓰시죠. 요즘도 가끔 그러세요.

준헌 엄마가 저한테 "지헌이가 의사표현을 잘 안 하면 네가 좀 도와줘라" 이렇게 말씀하실 때가 있어요. 근데 사실 지헌이는 말이 적은 거지 못하는 게 아니거든요. 그냥 성격이 그런 건데, 엄마는 그걸 좀 걱정하시더라고요.

지헌 저는 원래 말을 많이 하는 스타일은 아니에요. 친구들이랑 있을 때도 조용한 편이고, 웬만한 상처는 그냥 흘려보내는 편이에요. 근데 엄마는 그런 걸 가지고 제가 무슨 말을 못 한다고 생각하시는 것 같아요. 그래서 "학교에서 잘 지내니?", "의견은 잘 말하니?" 이런 걸 계속 물어보세요. 사실 전 그냥 말이 없는 건데, 엄마의 괜한 걱정이죠.

　승헌　예전 같았으면 "왜 지헌이만 저렇게 신경 써?" 하고 질투할 수도 있었을 것 같아요. 근데 이제는 저희도 크니까 그런 생각은 별로 안 해요. 지헌이도 이제 고3인데, 엄마는 여전히 애처럼 생각하시는 것 같아서 오히려 지헌이 입장에서는 더 부담될 수 있겠다 싶어요. 사실 엄마가 지헌이를 더 많이 사랑해서 그런다기보다는, 그냥 지헌이가 표현을 잘 안 하니까 더 챙겨줘야 한다고 느끼시는 것 같아요.

"그럼 지헌이는 엄마가 챙겨주는 게 부담스럽게 느껴질까?"

　지헌　솔직히 말하면, 옛날에는 좀 그랬어요. 뭘 제가 먼저 하려고 하면 엄마가 계속 뭐라고 하시니까 좀 답답했어요. 다들 잘 모르는 거 같은데 저는 별로 상처를 안 받는 편이거든요. 근데 요즘엔 엄마도 많이 안 그러세요. 그래서 지금은 딱히 불만은 없어요.

"아빠는 오늘도 네쌍둥이의 버팀목이예요"

네쌍둥이를 키운다는 건, 정말 상상만 해도 힘든 일이에요. 예전에는 저희 네 명을 한꺼번에 돌보시느라 엄마가 정

네 개의 심장,
하나의 이야기

말 고생이 많으셨어요. 그땐 기저귀 갈고, 재우고, 먹이고…
모든 걸 다 혼자 감당하셔야 했으니까요. 하지만 지금은 저
희가 다 컸잖아요. 이제는 우리가 스스로 잘 해낼 테니, 우리
를 키우느라 잠시 접어두셨던 엄마의 꿈을 꼭 펼쳐보셨으면
해요. 요즘은 아빠의 무거운 어깨가 자주 보입니다. 저희가
다 국제학교를 다니다 보니 학비가 정말 만만치 않거든요.
네 명이 함께 다니니 그 부담이 클 수밖에 없죠. 집도 학교
근처로 이사 오면서, 아빠는 트래픽을 피하려고 새벽에 나
가서서 새벽기도 후 주 6일 동안 진료와 수술을 감당하세요.

그 흔한 골프도 아빠, 엄마는 전혀 하지 않으십니다. 오히
려 공휴일이면 지아이씨(의료봉사단체)나 교회 의료팀과 함께
해외까지 나가서서 기쁜 마음으로 봉사에 참여하시죠.

우리가 "나누고 베풀며 좋은 영향을 주고 싶다"는 마음
을 자연스럽게 가지게 된 것도, 아마 부모님으로부터 흘러
온 생각 때문일 거예요. 네쌍둥이를 키운다는 건 단순히 4배
가 아니라, 어쩌면 40배의 변수와 힘듦이 있었겠지요.

부모님, 정말 너무 고생 많으셨어요!

부모님께 드리는 마음

"솔직히 어릴 땐 잘 몰랐어요. 엄마가 우리 넷을 동시에 키운다는 게 얼마나 힘든 일인지, 아빠가 매일 일찍 나가셔서 늦게 들어오는 이유가 뭔지도요. 그냥 그게 당연한 줄 알았어요. 근데 이제는 조금씩 알겠어요. 엄마는 우리에게 늘 공평하게 사랑 주려고 애쓰셨고, 아빠는 우리가 걱정 없이 학교 다니고 꿈꿀 수 있게 묵묵히 뒷받침해주셨어요. 우리가 한 명도 아니고, 두 명도 아니고, 네 명이잖아요. 그런데도 두 분은 한 명 한 명 다 따로 챙기고, 마음까지 들여다보시려고 노력하셨어요. 지금 생각해보면, 엄마 아빠가 각자 힘든 시기를 번갈아가면서 버티신 거 같아요.

어릴 땐 엄마가, 지금은 아빠가! 그리고 아마 앞으로도, 우리 넷이 어디서 뭘 하든 두 분은 여전히 우리를 위해 뭔가를 감당하고 계시겠죠. 그래서요, 꼭 말하고 싶어요. "부모님, 저희 진짜 너무 감사해요. 그리고 진심으로 존경해요." 우리 넷 다, 마음속으로 그렇게 생각하고 있어요. 지금까지도, 그리고 앞으로도…

엄마 아빠는 저희 인생에서 가장 큰 사랑이에요!"

네 개의 심장,
하나의 이야기

9.
우리가 똘똘 뭉쳤던 순간들:
"쉿! 이건 저희끼리의 비밀인데요"

준헌이는 우리 집 IT 해결사예요

저희 중에서 전자기기를 제일 잘 다루는 건 단연 준헌이에요. 어릴 때부터 기계 만지는 걸 좋아해서 컴퓨터에 문제 생기면 항상 준헌이한테 갔어요. 특히 초등학교 때, 엄마 아빠 몰래 게임하거나 유튜브 볼 때, 인터넷 기록 때문에 몇 번이나 들킨 적이 있었거든요. 근데 준헌이는 그걸 미리 알고 있었던 거예요.

"컨트롤+H 누르고 기록 지우면 돼!"

이 한마디에 다들 충격받았죠. 그때부터 다들 안 들키게 됐고요.

엑스키퍼도 못 말린 준헌이의 기술력

엑스키퍼라는 프로그램 기억나세요? 일종의 컴퓨터 시간제한 앱인데요, 초등학교 때 엄마 아빠가 우리 각자 컴퓨터에 깔아놓으셨어요. 비밀번호 없으면 켜지도 못하고 정해진 시간 지나면 꺼져버려요. 근데 그게 또 너무 불편한 거예요. 하고 싶은 게 많은데 시간이 자꾸 끊기니까요. 근데 여기서 또 준헌이가 활약했죠. 어떻게든 그 제한을 풀어내고, 심지어 엑스키퍼 작동 안 되게 해놓기도 하고! 준헌이는 정말 이런 쪽으로 잘해요. 그래서 엄마가 외출하시면 4명이 준헌이 도움 받아서 맘껏 컴퓨터를 썼던 기억이 있어요.

"망 봐주던 시절이 그리운 건 왜일까요?"

그리고 엄마 몰래 게임 하려고 서로 망을 본 적도 많아요. 남자 형제들이 주로 2층에서 게임하고 있으면, 아래층에서 채헌이가 엄마 발소리 들으면 "엄마 다녀오셨어요~!"하고 큰소리로 외치거나, 한 명은 급히 올라가서 "꺼! 꺼! 꺼!"하고 신호 주기도 했어요. 돌아가면서 망봐주고, 괜히 계단 소리를 크게 내면서 알려주던 그 시절, 아직도 웃겨요.

"채헌이의 배신(?)과 반전 성장기"

사실 채헌이는 어릴 땐 조금 '고자질러'였어요. 우리가 뭐 잘못한 거 있으면 "엄마~ 얘들이 00했어"이렇게 말하던 스타일이었거든요. 근데 나이 들면서 그런 건 많이 사라졌어요. 오히려 지금은 팀플이 잘 맞는 멤버예요. 가끔은 본인이 거짓말(?)에 가담하기도 하고요.

예를 들면, 가끔 저희가 프로젝트 때문에 집에 늦게 들어갈 때가 있어요. 얼마 전에도 준헌이랑 승헌이가 공부 스트레스를 풀려고 놀다가, 귀가 시간인 10시를 넘겨서 들어온 날이 있었죠. 그때 엄마가 "애들 어디 갔어?"하고 걱정하며 물어보셨어요. 그때 지헌이랑 서로 말도 안 맞췄는데 "오늘 학교 프로젝트 모임 있어요"하고 자동반사처럼 둘 다 거짓말(?)을 했대요. 그래도 너무 늦는 거 아니냐며 부모님이

"그 프로젝트를 꼭 만나서 해야 하는 거야?"하고 물어보셨다는데, 둘이서 동시에 "그럼요. 발표 연습도 해야 해요."하고 말했다네요. 하하. 눈빛 교환도 안 했는데 이상하게 입이 척척 맞아요.

이런 거 보면 저희, 진짜 팀워크는 최강인 것 같아요. 물론 어릴 땐 서로 일러바치고 싸우기도 했지만, 지금은 누가 뭘 잘못해도 괜히 엄마한테 말 안 하고 눈감아주는 그런 사이예요. 서로의 사소한 비밀을 지켜주고, 필요할 땐 똘똘 뭉치고, 이게 바로 네쌍둥이의 힘 아닐까요?

"우리는 같은 학년, 같은 공부, 그리고 서로의 선생님"

이런 거 말고도 서로 좋은 쪽으로 도움을 주고받기도 했어요. 특히 다 같은 학년이고 같은 공부를 하니까 서로 비슷하게 공부하고 자연스럽게 도와주는 게 많았어요. 수학을 서로 가르쳐주기도 하고, 같이 문제 푼 적도 있고요.

"채헌이표 밥상과 편의점 꿀 조합"

그리고 엄마가 안 계실 때, 저희가 밥을 해 먹어야 하거든요. 그때는 제가 나서서 밥을 하기도 하고요. 또 요즘 유행하는 편의점 음식 조합 같은 건, 채헌이가 진짜 빠삭하거든요. 그래서 그런 건 다 채헌이 덕을 봤어요.

네 개의 심장,
하나의 이야기

"유행에 약한 셋을 살려낸 채헌이"

거기다 저희 형제들은 유행에 되게 둔했는데요, 그거 다 채헌이가 커버해줬어요. 인스타그램도 원래는 저희 아무도 잘 몰랐는데, 채헌이가 먼저 시작해서 알려주고, 저희도 하나씩 가입하고 그랬어요. 지금도요, 준헌이는 인스타 게시물 올릴 때 채헌이한테 사진 골라 달라고 하고, 어떤 순서로 올릴지 물어보기도 해요. 감성 터지는 거는 아직도 채헌이가 제일 잘 알아서, 도움 많이 됐어요.

이럴 때 보면, 저희 은근히 잘 단합해요. 겉으로 보기엔 각자 노는 것 같아도, 꼭 필요할 때는 서로 챙기고 의지하고 그러거든요.

"어릴 땐 서로 고자질하고 싸우기도 많이 했어요.

"엄마~ 얘가 이랬어!"하고 일러바치던 날도 진짜 많았거든요. 근데 지금은 뭔가 달라졌어요.

말 안 해도 척하면 척, 누가 뭐 해도 괜히 덮어주고, 거짓말(?)도 나름 단체전처럼 입 맞추고요. 이게 나쁜 건 줄만 알았는데, 지금 생각해보면 우리 사이가 그만큼 단단해졌다는 증거 같아요. 진짜 꼭 필요할 때는 누가 먼저랄 것도 없이 서로 도와주고, 다 같이 움직여요.

우리는 형제이기도 하지만, 진짜 좋은 팀이에요. 가끔은 이 넷이라는 숫자가, 제일 큰 힘이 되는 것 같아요."

10.
생일은요?
네 명이 동시에 같은 날!

네쌍둥이 생일은요, 어릴 땐 한 번에 다 같이 했어요. 친구들도 각자 불렀는데, 그게 모이니까 거의 집 전체가 파티장이었죠. 음식도 엄청 많고, 선물도 진짜 산더미처럼 쌓였어요. 그땐 다 같이 불러서 한꺼번에 놀았던 거예요. 근데 점점 커가면서 조금 달라졌어요.

특히 채헌이는 혼자 여자니까, 따로 파티하는 때도 종종 있었고요. 그래도 저희 셋(준헌, 승헌, 지헌)은 친구들이 거의 겹치다 보니까 같이 하는 게 많았어요. 그러다가 나이 먹으니까 생일파티를 잘 안 하게 되었고요. 키즈카페에서 했던 것도 어릴 때 얘기고, 지금은 그냥 엄마가 밥 차려주시면 넷이서 같이 먹고 끝내는 정도예요. 나만의 생일이 아니라 우리 모두의 날이라서일까요?

특별히 "와 오늘 생일이다!"이런 분위기보다는 그냥 "아 오늘 생일이구나"하고, 다음 날 친구 따로 만나거나 소소하게 보내는 편이에요. 선물은요, 옛날에는 각자 원하는 걸 받아서 교환하거나 챙겼는데, 요즘은 그냥 돈으로 맞춰주는 게 제일 실용적이라고 생각해요. "믹 갖고 싶다"이런 거보다는, 그냥 서로 돈 주고받는 게 편하고, 그게 다들 동의하는 방식이 된 것 같아요.

네 개의 심장,
하나의 이야기

2부. 우리들의 첫 모험 : 캐나다

1.
한국을 떠나 캐나다로

저희는 초등학교 5학년이었어요. 정확히는 2018년 11월, 그러니까 5학년 2학기 중간쯤에, 갑자기 캐나다로 가게 됐죠. 지금 생각하면 인생의 큰 전환점이었는데, 시작은 정말 예상 밖이었어요. 그걸 제일 먼저 눈치챈 건 채헌이었어요. 그날 밤, 잠이 안 와서 거실 쪽을 어슬렁거리다가 안방 불이 켜져 있는 걸 본 거예요. 이상해서 아빠 서재 문을 열어봤더니, 엄마가 뭔가 외국 사이트를 막 열심히 보고 계셨대요. 영어로 된 사이트였고 뭔가 검색 중이셨죠.

채헌이가 "뭐 하고 계세요?"하고 물으니까, 엄마가 갑자기 당황하시면서 "외국 아이들 후원하는 걸 알아보고 있어"라고 하셨어요. 그땐 그냥 "아, 그런가 보다"하고 넘겼는데… 며칠 뒤, 진짜 충격적인 발표가 있었죠.

"얘들아, 우리 1년 정도 공부하러 캐나다에 가자!"

진짜 갑작스러웠어요. 저희는 뭐 여행 간다는 줄 알았지, 살러 간다는 줄은 몰랐거든요. 엄마 아빠의 설명은 이랬어요.

"언어는 뇌가 말랑말랑할 때 배워야 한다. 지금이 기회야!"

그때 저희는 초등학교 5학년, 친구들이랑도 잘 지내고 있었고, 학교생활도 너무 만족스러웠어요. 딱히 부족한 것도 없고, 매일 즐겁고… 지금 이 삶을 두고 떠나라는 말이 너무 충격이었죠. 그래서 저희 4명은 또 비상회의를 했어요. 이런 식의 일이 있을 때마다, 저희는 꼭 네 명이 모여서 얘기를 하거든요. 일종의 형제 회의랄까요. 그때 분위기는 아주 강경했어요. 준헌이, 승헌이, 채헌이는 완전 반대였어요.

"절대 못 간다."

"그냥 공항 안 갈 거다."

"그날 방문 걸어 잠그고 안 나간다."

우린 진짜 이렇게까지 얘기했어요. 그런데 지헌이는 혼자 좀 달랐어요.

"부모님은 다 계획이 있으실 거야."

"그래도 한 번쯤은 나가보는 것도 좋지 않을까?"

지헌이만 긍정적이고 수용적인 태도를 보였죠. 사실 우리는 외국에 나가본 적도 없고 영어도 딱 "헬로우, 하우아유" 정도밖에 몰랐거든요. 게다가 저희는 반에서 회장이니 부회장이니 하면서 학교생활도 되게 활발히 하고 있었고, 친구들도 진짜 소중했어요. 거기다 그때 현장체험학습으로 롯데월드에 가기로 돼 있었어요! 저희가 그날만 얼마나 기다렸는데요! 그걸 두고 떠난다고 하니까 정말 가기 싫었고 왜 가야 하는지 이해가 안 되는 거죠. 그때 엄마의 원래 계획은 7월이나 8월쯤, 그러니까 캐나다 9월 학기 시작 전에 적응을 해야 한다고 그러셨어요. 그런데 우리가 롯데월드를 포기 못 하겠는 거예요. 저희가 막 떼를 썼어요. 그래서 늦게 떠나게 되었어요.

결국 10월 31일, 할로윈에 도착하게 됐어요. (이거 진짜 집요하게 버틴 끝에 얻어낸 결과예요.) 그렇게 저희는 10월의 마지막 날, 캐나다라는 완전히 낯선 땅에 발을 딛게 됐어요. '무섭고 떨리고, 기대도 조금은 되고' 감정이 복잡했던 첫날이었어요.

2.
캐나다 도착, 첫날!

솔직히 저희는 캐나다 딱 도착하자마자부터 뭔가 약간 "이거 진짜 실화냐!" 모드였어요. 일단 새집이긴 한데 가구가 아무것도 없고, 카펫 바닥에 그냥 누워서 자야되는 상황이라니요! 당황스러운 데다 시차 때문에 다들 반쯤 정신 나가 있었는데, 갑자기 "딩동!" 하고 초인종이 울리는 거예요. 그날이 핼러윈데이였거든요. 근데 우리 집은 장식이 하나도 없고, 불도 안 켜져 있고, 저희들은 다 반쯤 기절 상태인데 진짜 외국인 꼬마 애들이 분장하고 와서 "Trick or Treat!" 외치는 거예요. 그래서 엄마가 급하게 다이쮸랑 마이구미를 꺼내서 나눠줬어요. 근데 외국 애들이 한국 간식을 진짜 좋아하는 거예요!

3.
첫 등교,
새로운 환경 낯선 냄새

진짜 진심으로 제일 무서웠던 건 첫 등교 날이었어요. 거기는 한국처럼 걸어가거나 학부모가 데려다주는 게 아니라 노란 스쿨버스를 타요. 그 하이틴 영화에 나오는 딱 그 노란 버스 말이에요! 우리 4명이 아무 말도 못 하고 버스 맨 앞줄에 두 명씩 주르륵 앉았어요. 타자마자 전부 영어로 막 떠드는데, 진짜 외계어처럼 들렸어요.

그날의 기억이 아직도 생생해요! 우리는 다른 애들 얼굴도 못 쳐다보고 그냥 창밖만 봤어요. 게다가 그때 아침인데도 밖이 아직 어둡고, 그 특유의 낯선 공기 때문에 무섭기도 했어요. 진짜 종일 심장 조여 오는 느낌…. 우리가 넷인데도 그 정도였는데 혼자라면 어땠을까요? 상상이 안 가네요! 우리가 학교에 딱 도착했을 때, 진짜 영화처럼 복도에 애들이 나와서 우릴 지켜봤어요. 우리가 외계인이라도 된 기분이었어요. 아시아 사람이고, 네쌍둥이가 동시에 전학 왔고, 다 똑같은 나이니까 당연히 관심 폭발이었겠죠.

애들이 막 따라다니면서 "Are you twins? Like, four???"막 이러는데, 우리는 그냥 "예, 예스…"만 연발했죠. 한 여자애가 자기소개하면서 "Hi, I'm Lydia"라고 했는데, 진짜 솔직히 말하면 이름을 전혀 못 알아들었어요.

나중에 그 아이가 "내 이름 기억하니?"라고 다시 물어봤는데, 대충 아무거나 말했다가 완전 잘못 말해서 미안했던 기억이 나요. 걔는 착해서 그냥 웃더라고요. 저도 그냥 "오케이, 예스!" 하고 넘어갔어요. 모든 게 낯설고 무슨 소린지 하나도 안 들리고 정신이 하나도 없었어요. 그런데도 신기하게 조금씩 적응하게 되더라고요. 어려서 그랬을까요? 새롭고 낯설어도 금방 익숙해지는 것 같아요!

4.
영어가 들리기 시작한 순간!

정말 신기했던 건, 한 달쯤 지나니까 갑자기 영어가 귀에 들어오기 시작했어요. 막 무슨 진짜 열심히 공부한 것도 아닌데, 그냥 계속 듣다 보니까 갑자기 한 문장 전체가 뭔 말인지 들리는 순간이 있었어요. 그때는 진짜- 매일 듣고, 눈치 보면서 이 타이밍에 웃어야 하나, 이건 무슨 반응이지? 이렇게 감으로 때웠는데, 그게 쌓이니까 하루는 갑자기 "어? 들린다" 느낌이었죠. 한 달 만에 귀에 들리고 입이 열리고 지금 와서 생각해보면 그때 영어를 제일 잘했어요.

매일 영어를 쓰니까 그랬나 봐요. 그때 영상을 찾아보면 저희의 발음도 억양도 완전 현지인 같더라고요!

1년만 더 있었으면 원어민 됐을 텐데! 그게 좀 아쉬워요.

5.
최고의 도시락,
엄마의 사랑

냉장고 들어갔다 나온 김밥은 전처럼 부치면 맛있다고 가르쳐줬더니,
우리가 귀국 후 1년 뒤 이렇게 맛있게 먹었다며 캐나다 티나가족이 사진을 보내줬어요.

그때 너무 감사했던 건 엄마 도시락이었어요. 캐나다는 급식이 없으니까 매일 아침에 엄마가 도시락을 8개나 싸주셨어요. 근데 퀄리티가 그냥 환상! 닭꼬치, 김밥, 치킨… 애들이 보고 "와우~ 이거 뭐야?!" 하면서 되게 부러워했거든요.

영화 같은 데 보면 아시아인들이 도시락 싸 오면 막 냄새 난다고 하고 그러잖아요. 근데 저희는 그런 거 전혀 없었어요. 캐나다 친구들이 그런 거 신경도 안 썼고 오히려 걔네들 먹는 게 저희에게는 더 충격이었어요. 그 친구들은 점심을 너무 적게 먹더라고요. 어떤 애는 피클 한 조각, 당근 3개, 아보카도 반쪽 이런 거만 먹는 거예요. 진짜 과자 하나 들고 오는 애도 있었고요. 그걸 보고 저희는 이해가 안 갔죠! 그때 저희 도시락이 거의 전설의 도시락이 돼서, 그걸로 애들이랑 친해지기도 했어요.

코리안 김밥은 인기였는데요! 외국인들한테 김밥 줬는데 다들 "오~ 스시(Sushi)!" 이러는 거여요. 그래서 바로 "아니, 이건 스시가 아니라 김밥이야!" 라며 친구들한테 김밥을 소개했던 거 지금 생각하면 저 완전 김밥 전도사였던 것 같아요.

거기다 한국 간식이 진짜 인기였어요! 한국에서 마이쮸나 마이구미 이런 간식들을 한가득 사갔는데, 걔네들이 정

네 개의 심장,
하나의 이야기

말 좋아해서 그거 나눠주면서 친구들이랑 친해졌어요. 마이쮸가 진짜 인기 많았어요. 한 개 주면 눈이 반짝반짝해지더라고요. 대신 엄마가 고생을 많이 하셨죠! 지금 생각하면 완전 슈퍼맘이셨어요. 아빠는 한국에 계시고 엄마 혼자, 저희를 다 챙기셨어요. 영어도 힘들었을 텐데 엄마가 저희 튜터도 알아봐주시고, 라이드도 해주시고요! 이건 엄마의 사랑이죠.

6.
리세스 시간과 캐나다식 놀이

우리가 간 곳은 캐나다 온타리오(Ontario)주였고요. 학교 이름은 BCS(Brantford Christian School)라고 독립적인 크리스천 초등학교예요. 단순 수업뿐 아니라 운동, 리더십, 여러 학생 팀 활동 같은 Co-curricular program도 꽤 있어요. 수업 밖에서도 재능을 펼칠 기회가 많아서, 그냥 시험이나 과제 말고 진짜 삶에서 배우는 느낌이 강했어요. 거기서 독특했던 게 점심 전후로 있었던 리세스(Recess)라는 시간이에요. 일종의 쉬는 시간인데 무조건 교실 밖, 야외로 나가야 해요. 선생님이 진짜 말 그대로 "Go outside!"하면 눈이 허리까지

와도 나갔어요. 그래서 산 근처에서 나뭇가지 모아서 집 짓
는 놀이 같은 거 많이 했어요.

그렇게 매일 자연 속에서 바깥 놀이를 하는 문화가 좋았던
거 같아요. 그렇게 놀면서 자연스럽게 영어를 입에 달고 살았
죠. 정말 쑥쑥 늘었거든요. 심지어 집에서도 엄마가 우리끼리
는 영어를 쓰라고 해서 24시간 영어환경이라 실력이 늘었어요.

P.S.

결국 적응해버린 우리들!

그렇게 한 달 두 달이 지나면서, 저희는 어느새 진짜 '캐
나다 초딩'처럼 변해가고 있었어요. 처음엔 무서워서 말
도 못 붙이던 친구들이랑 슬슬 눈 마주치고, 간식도 나눠
먹고, 이름도 기억하게 됐고요. 영어는 아직 완벽하지 않
았지만, 몸으로 부딪치다 보니까 뭐든지 조금씩 해볼 용
기가 생기더라고요. 그때부터였던 것 같아요. 그냥 '학교
를 다닌다'가 아니라, '학교 안에서 진짜 뭔가를 해본다'
는 느낌이 들기 시작한 게요. 수업도, 체육도, 미술 시간
도, 심지어 생전 처음 해보는 캠프 같은 행사들도 하나하
나가 다 신기하고 특별했어요.

이제부터는 그때 저희가 학교에서 어떤 활동을 하며 지냈는지, 어떤 걸 배우고 놀았는지, 조금 더 구체적으로 얘기해 볼게요. 지금 생각해도 정말 잊을 수 없는 순간들이 많았거든요.

7.
웃긴 에피소드들,
진짜 많아요!

처음 캐나다 갔을 땐 영어를 거의 못 했어요. 그래서 처음에 채헌이랑 승헌이는 5학년, 준헌이랑 지헌이는 4.5학년으로 들어갔어요. (하지만 2월에는 저희 모두 7학년 반으로 갔답니다!)

근데 캐나다는 4학년이랑 5학년이 섞여있는 반도 있었거든요. 저희는 그 반에 들어갔는데, 처음엔 영어도 잘 안 되고 수업 수준도 안 맞아서 진짜 재미없었어요. 그런데 조금 지나서 영어가 어느 정도 늘고 나니까, 반을 옮기게 됐고 그때부터 완전 재미있었어요. 슬립오버도 자주 하고, 밤새 같이 놀기도 하고, 그냥 완전 찐친 된 거죠.

그리고 진짜 웃겼던 거 하나 – 한 번은 저희끼리 친구들이랑 장난친다고, 집 초인종 누르고 드망친 적 있어요! 그때 마침 고등래퍼가 엄청 유행했거든요. 그래서 초인종 누르자마자 고등래퍼 노래를 막 부르면서 뛰었어요. 지금 생각하면 진짜 유치한데… 그땐 진짜 숨 넘어가게 웃었어요. 그런 장난을 하다니! 거기서는 뭔가 자유로웠던 것 같아요.

그리고 첫 할로윈은 그냥 조용하게 지나갔는데, 두 번째

네 개의 심장,
하나의 이야기

할로윈에는 저희도 적극적으로 돌아다녔죠. 한 집을 두 번 갔더니 주인이 "You've been here!"이러는 거예요. 그래서 "I'm sorry…"했는데, 아직도 그 장면 머리에 박혀있어요.

그때 채헌이가 라일리라는 친구네 집에서 잤어요. 걔가 말이 좀 많긴 하지만 진짜 착했고, 가족들도 너무 잘해주셨어요. 할로윈 코스튬도 빌려주고, 사탕 담는 통도 빌려줘서 그 동네 다 돌아다니면서 초콜릿 엄청 모았어요.

지금 보면 진짜 유치하고 철없었던 일들이, 그때 우리에겐 너무 소중한 추억이었어요. 그 순간들 덕분에, 낯선 나라에서도 웃을 수 있었고, 친구도 생기고, 조금씩 캐나다가 편해졌어요. 그러니까 어쩌면, 적응이란 건 거창한 게 아니라 그렇게 유치하고도 웃긴 순간들을 하나씩 쌓아가는 거였나 봐요.

8.
운동으로 친해졌어요

네 개의 심장,
하나의 이야기

캐나다에서는 체육 시간이 진짜 많았어요. 저희도 거기서 운동을 많이 하면서 친구들이랑 가까워졌고요. 지헌이는 원래 골키퍼 하는 걸 좋아해서 계속 골키퍼를 했는데, 어느 날 되게 잘하는 애가 세게 슛을 찼거든요? 근데 그걸 지헌이가 막은 거예요. 애들이 진짜 깜짝 놀랐어요. 골키퍼는 보통 다들 하기 싫어하는 포지션이었거든요. 근데 지헌이는 그런 걸 오히려 재밌어했어요. 운동할 때 준헌이랑 승헌이는 스타일이 좀 비슷했어요. 축구할 땐 공격수나 미드필더 같은 포지션을 맡았고, 탁구할 때도 공격하는 쪽이에요.

근데 지헌이는 반대였어요. 수비 스타일이었고, 탁구 그립도 혼자 다르게 썼어요. 농구할 때도 뭔가 혼자만의 스타일이 있었고요. 지금 생각해 보면 되게 신기해요. 사실 같이 운동하면 성격이 딱 보이잖아요. 우리 넷이 운동하는 것만 봐도 성격이 다 조금씩 다르다는 걸 느낄 수 있었어요. 특히 캐나다에서는 여러 가지 운동을 많이 접하게 돼서, 운동하면서 서로에 대해서도 더 많이 알게 됐어요. 친구들이랑도 자연스럽게 가까워졌고요!

캐나다 하면 역시 하키잖아요. 그전까지는 하키를 한 번도 해본 적이 없었는데, 캐나다에서 처음 접하게 되었죠. 처음엔 정말 너무 못했어요. 캐나다 친구들은 어릴 때부터 해와서 다들 너무 잘하는 거예요. 그런데 저희는 퍼스트십 클럽 수업을 3개월 정도 들었을 뿐인데, 선생님께서 우리 세 명(영어 이름은 태어날 때부터 부모님이 지어주셨는데, 데이빗·조셉·데니엘이에요. 부모님이 외국 생활을 할 걸 미리 아셨던 걸까요!)에게

네 개의 심장,
하나의 이야기

리그 팀에 들어오라는 제안을 하신 거예요.

솔직히 저희가 그렇게 잘하는 편은 아니라고 생각했는데, 선생님은 우리 세 명에게 천재적인 운동신경이 있다고까지 말씀하시더라고요. 저희는 모두 이구동성으로 "아니에요!" 하며 거절했는데, 선생님께서 무려 한 시간 반 동안 붙들고 설득을 하셨어요. 사실 너무 잘하는 캐나다 친구들과 경기를 한다는 게 두려웠거든요. 그래서 결국 "그럼 저희는 그냥 수비만 조용히 하겠습니다"라고 해서 겨우 받아들였죠. 그래도 리그 팀에 들어가다니, 정말 신기했어요.

심지어 지헌이는 "동양인이 리그 팀에 들어왔다"며 신문에도 실렸답니다! 그런데 정작 지헌이는 자기가 신문에 난 것도 몰랐다더라고요, 하하.

마지막 경기 날, 친구들이 일부러 우리에게 골을 넣을 기회를 주었어요. 그날은 저희가 한국으로 돌아오기 얼마 안 남은 때였거든요. 친구들이 마음만 먹으면 충분히 이길 수 있었는데, 그냥 저희에게 계속 기회를 준 거예요.

결국 승헌이가 진짜 골을 넣었어요!

와, 그 순간은 정말 감동이었어요. 경기는 졌지만, 친구들이 우리 골 넣었다고 다 같이 축하해주고, 하키 퍽까지 기념 선물로 주었어요. 그때 정말 울 뻔했어요. 다들 너무 좋은 친구들이죠.

"운동은 진짜 마법 같아요. 낯선 곳에서 말보다 먼저 통하는 게 몸이잖아요. 같이 뛰고, 부딪히고, 웃고 나면 친구가 되어 있더라고요. 그날의 하키 퍽은 그냥 운동 기념이 아니라, 우리 첫 번째 캐나다 추억의 상징이었어요.

지금도 마음속에 잘 간직 중이에요."

하키퍽이 뭐냐고요?

하키 퍽(hockey puck)은 아이스하키 경기에서 사용하는 공 역할을 하는 납작하고 단단한 고무판이에요. 공처럼 생기지는 않았고, 납작한 원반 모양이라서 아이스 위에서 미끄러지듯 빠르게 움직일 수 있어요. 보통 직경 약 7.6cm, 두께

2.5cm, 무게는 약 170g 정도고요, 하키 스틱으로 치면서 골을 넣는 용도로 사용돼요. 경기용 외에도 기념 퍽이라는 것도 따로 제작돼서, 팀 로고가 새겨진 선물용 퍽도 많아요.

준헌이의 기억 저는 캐나다에서 축구를 정말 열심히 했어요. 학교 안에서도 뛰었고, 밖에서는 리그 같은 대회에도 나갔죠.

지금도 기억에 남는 건, 저랑 지헌이, 승헌이 이렇게 셋이서 '인도 사커' 대회에 나간 일이에요. 여러 팀들과 토너먼트 방식으로 치열하게 경기를 했는데, 결국 우리 팀이 우승했어요! 그것도 그냥 이긴 게 아니라, 마지막에 승부차기까지 가는 긴장감 속에서 얻은 승리였죠. 그때 지헌이가 골키퍼를 맡았는데, 슛 하나만 빼고 다 막아냈고, 저는 선제골을 넣었답니다. (승헌이는… 음… 그냥 노코멘트 하겠습니다!)

그리고 학교 축구팀에서도 뛰었어요. 근데 제가 그 팀에서 제일 막내였거든요. 골대도 진짜 커 보이고… 첫 경기는 완전 떨면서 뛰었는데, 두 번째 경기는 원래 나가야 했는데 너무 무서워서 엄마한테 빨리 병원 가자고 졸랐어요.

사실 병원은 경기 끝나고 가도 되는데 제가 너무 쫄았었나 봐요. 지금 생각하면 왜 그랬나 싶어요. 그땐 애기였던 것 같아요.

채헌이의 기억 저는 캐나다에서 체조 학원을 다녔었어요. 거긴 정말 일반 여자애들도 체조를 긿이 하거든요. 학교 끝나면 거의 다 체조하러 가니까, 애들 유연성이 진짜 장난 아니었어요. 옆돌기, 물구나무, 덤블링… 이런 게 그냥 기본처럼 느껴질 정도였죠. 저도 그 분위기에 자극받아서 체조 학원에 등록했어요. 원래 저는 유연한 스타일이 아니라 좀 걱정했는데, 다니다 보니 옆돌기도 배우고, 물구나무도 벽 없이 혼자 할 수 있게 됐고, 마지막에는 물구나무 선 채로 굴러서 일어나는 것까지 성공했답니다!

그런데 어느 순간부터는 동작들이 너무 어려워지더라고요. 그래서 체조는 그만두고, 그때 한창 빠져 있던 댄스 학원으로 바꿨어요.

한국인 친구 두 명과 같이 다녔는데, 정말 재밌었어요. 학원에서 연말 공연도 했는데, 무대 화장도 하고 의상도 맞춰 입고, 다운타운 시청 옆에 있는 큰 공연장 무대 위에서 춤을 췄거든요. 관객도 많았고, 무용 전공하신 엄마도 지켜보고 계셔서 정말 떨렸는데, 오래오래 기억에 남는 시간이었어요.

승헌이의 기억 저는 캐나다에서 제일 기억나는 게 달리기였어요. 저희 셋 다 빠른 편이라 한국에서도 계주 많이 나갔는데, 캐나다 친구들 체력이 짱짱한 게 진짜 말도 안 돼요!

어떤 애는 이름이 일라이자였나 엘라였나…. 아무튼 걔는 큐트피드(피구 비슷한 거) 할 때 세 바퀴 넘게 쉬지도 않고 돌았어요. 진짜 종일 뛰기만 하는 애들 같았어요.

저희는 헉헉거리는데 걔네는 숨도 안 차는 거 같더라고요. 그리고 저한테 제일 재밌었던 건 '테더볼'! 처음엔 뭔 게임인지도 몰랐는데, 하다 보니까 완전 빠져들었죠. 공을 기둥에 감아서 상대가 못 받게 하면, 이기는 그런 게임인데, 웬일로 제가 거의 1등 하기도 했답니다.

지헌이의 코멘트 캐나다에서 운동하면서 진짜 많은 걸 배웠어요. 이기고 지는 것보다, 우리끼리 팀 짜서 뛰고, 서로 장난치고, 긴장하고, 또 응원했던 기억들이 오래 남아요.

Daniel Lee takes a shot on goalie Gavin Taylor during a Canadian Tire First Shift game at the Wayne Gretzky Sports Centre in Brantford. Taylor is a house league player, who was helping out at the game. *BRIAN THOMPSON*

학교 체육 시간도, 학원 무대도, 운동장에서의 숨소리도 전부 다 지금 생각하면 너무 소중한 추억이에요. 그리고 그때 처음으로, '운동'이 사람을 이어주는 언어가 될 수도 있다는 걸 느꼈던 것 같아요.

P.S. **"테더볼이 뭐야?"**

테더볼(Tetherball)은 캐나다, 미국 등지에서 초등학교 운동장이나 놀이터에서 인기 많은 게임이에요! 긴 기둥(약 2~3미터 정도) 위에 공이 줄에 매달려있는 형태예요. 그 공은 배구공처럼 생긴 공인데, 위에서 줄로 연결되어 있어서 기둥 주위를 빙빙 돌 수 있어요. 게임 방식은 두 명이 상대해서 하는 게임이에요. 각자 한 방향(시계방향 vs 반시계방향)으로 공을 돌리려고 해요. 손으로 공을 쳐서 줄이 자기 방향으로 기둥에 완전히 감기면 승리! 상대는 반대 방향으로 치면서 그걸 막으려 하고요. 단순하지만 진짜 반사신경, 타이밍, 지구력이 필요해서 은근히 승부욕 자극돼요. 쉬는 시간마다 친구들이 몰려서 순서 기다리면서 하곤 해요. 한국엔 잘 없지만, 북미 학교 운동장에는 거의 항상 설치돼 있는 놀이예요!

9.
캐나다의 집들, 그리고 그 마당의 추억

저희가 캐나다 살 때요, 집마다 꼭 뒷마당이 있었어요. 진짜요. 땅이 워낙 넓고 인구도 적은 나라라 그런지, 다들 마당 있는 단독주택에 살았고요. 앞마당엔 나무와 잔디가 깔려 있고, 뒷마당은 더 넓어서 운동장처럼 쓸 수 있었어요. 그때 지헌이랑 준헌이는 마당에서 축구 엄청 많이 했어요. 지헌이는 골키퍼였고, 준헌이는 공격수여서요. 둘이서 매일같이 해 질 때까지 공을 차고 놀았는데, 어느 날 진짜 충격적인 일이 있었어요. 슛을 막으려고 땅을 딱 봤는데, 거기에 토끼 똥인지 사슴 똥인지가 딱 있는 거예요. 그것도 코앞에요. 와! 그 이후로는 마당 축구는 바로 접었어요. 아무리 자연과 함께 산다고 해도, 그건 좀 너무 리얼했거든요.

그런데 집 계약이 끝나서 이사를 가야 하는 상황이 생겼어요. 원래는 1년만 있다가 한국으로 돌아올 생각으로 1년 계약을 했거든요. 그런데 저희가 중학고로 올라가는 시기라 12월부터 2월까지 방학이 길었어요. 그래서 캐나다에서 조금 더 시간을 보내기로 하고 3개월을 연장하려다 보니 집이 애매해진 거예요. 그때 저희 영어 튜터였던 Tina 선생님이 선뜻 "우리 집으로 들어와요" 하시면서 집을 내주셔서, 선생님 댁에서 3개월을 살게 됐어요. 근데 그 집이 정말 좋았어요. 사실 캐나다 집들은 대부분 크고 넓거든요. 특히 그 동네

는 넓은 평지와 언덕이 어우러진 집들이 많았는데, 지하에
도 아주 넓은 뒷마당이 있어서 사슴, 다람쥐, 토끼들이 뛰어
다니고, 노을이 아름답게 물드는 그런 집이었어요. 선생님
댁에는 아이가 셋 있었어요. Aliya, Avie, Carson. 그리고 저
희가 한국으로 돌아올 즈음, Tina 선생님 뱃속에는 6개월 된
아기가 있었는데, 나중에 건강한 남자아이 Finn을 낳으셨
죠. 이제는 딸 둘, 아들 둘로 자녀 계획은 끝이라고 하시더라
고요.

저희 가족이 쓴 공간은 큰 거실에 벽난로가 있고, 주방과
방 두 개, 샤워실 하나, 화장실 하나였어요. 바쁜 등교 시간에
도 나눠 쓰면서 큰 불편 없이 잘 지냈어요. 주말이면 Tina네
가족과 함께 밥을 먹고 영화도 보면서, 정말 가족처럼 지냈
죠. 6살, 4살, 2살 아이들은 엄마가 해주시는 한국 음식을 무
척 좋아해서 늘 엄마 이름을 부르며 우리를 잘 따랐답니다.

마당에서의 추억들

캐나다 사람들은 정말 친절해요. 이건 진심이에요.

예전 집에 살 때도 옆집 분들이 바비큐 파티를 열어주셔
서 우리 가족을 초대해주셨는데, 아직도 기억나요. 그 집은
포르투갈계였는데, 엄마가 힘들어하시던 잔디 깎는 일도 아
들이 10불 정도 받고 아르바이트로 해주겠다며 도와주셨던,

참 좋은 이웃이었어요.

또 하나 특별히 기억에 남는 건 교회예요. 저희가 다녔던 캐나다 교회는 정말 따뜻했어요. 주일 예배만 드리고 끝나는 게 아니라, 모임도 자주 있었고, 끝나면 다 같이 스포츠 경기를 보거나 게임을 하고, 간식도 나눠 먹으면서 정말 가족 같은 분위기였죠.

특히 '포트락'이라는 문화가 신기했어요. 각자 음식을 하나씩 가져와서 함께 나눠 먹는 건데, 파티를 자주 했거든요. 교회 바자회나 동네 행사에서 엄마는 늘 한국 음식으로 국위선양을 하셨어요. 세 가정에게 김치 만드는 법을 가르쳐 주신 적도 있었고요.

2019년에는 캐나다 사람들이 한국 음식에 관심을 많이 보이던 때였어요. 우리가 한국으로 들어가는 날에는 "비행기에서 드세요"라며 캐나다 디저트를 만들어주었는데, 너무 달아서 한국에 와서도 한참을 먹었던 기억이 나요. 캐나다 학교에서도 바자회를 자주 열었는데, 어느 날은 엄마가 잡채를 무려 200인분이나 만드셨대요. 그런데 그게 진짜 불티나게 다 팔렸어요. 사람들이 줄을 서면서 "이거 무슨 누들이야?"하며 계속 사갔죠. 엄마가 만든 한국 음식이 인기 짱이었어요.

네 개의 심장,
하나의 이야기

그리고 캐나다 집들은 다 뭔가 여유로워요. 방도 넓고, 벽 색깔도 따뜻하고, 거실에 항상 소파가 커다랗게 있고, 벽난로도 있어서 진짜 아늑했어요. 창문도 엄청 크고요. 그래서 그런지 햇살이 들어오면 집 안이 진짜 포근해져요. 그 느낌은 아직도 잊히질 않아요.

그때 살던 집들을 생각하면, 집이 단지 사는 곳이 아니라 '살아가는 방식'을 보여주는 공간 같았어요.

마당에서 운동하고, 고양이랑 장난치고, 이웃과 함께 고기 구워 먹고, 교회에서 밥 나눠 먹고. 그런 일상이 쌓이면서 저희는 캐나다를 진짜 '집'처럼 느꼈던 것 같아요. 지금도요, 그 집 생각하면 마음 한편이 따뜻해져요.

10.
아빠와 함께한 미국 여행

네 개의 심장,
하나의 이야기

아, 맞다. 저희가 캐나다에 살 때 아빠가 저희를 보러 세 번 오셨어요. 아빠는 한국에서 일하시느라 늘 떨어져 계셨는데, 오랜만에 가족이 다 모인 거라 그런지 분위기 자체가 설레었어요. 아빠가 계시지 않을 때도, 저희는 친하게 지내던 다른 한국 가족(알·수잔 부부와 아이들)과 함께 캠핑카를 타고 나이아가라 쪽 미국 국경을 넘어가 3박 4일 동안 큰 수련회에 참여하는 여행을 하기도 했어요. 그런 기회도 있었지만, 아빠와 함께 미국으로 가족 여행을 간 건 또 다른 특별한 추억의 한 페이지가 되었답니다.

캐나다랑 미국은 국경이 맞닿아있어서 차 타고 그냥 넘어갈 수 있거든요. 우리끼리는 "우리 지금 국경 넘는 거야? 진짜 영화 같다!" 이러면서 엄청 신났어요. 그때 첫 목적지는 보스턴이었어요. 에어비앤비 숙소 잡아서 다 같이 묵었는데, 침대도 크고 부엌도 있어서 꼭 미국 드라마에 나오는 그런 집 같았어요.

진짜 인상 깊었던 건 캠퍼스 투어였어요. MIT, 하버드, 컬럼비아 같은 미국의 유명한 대학들을 진짜 눈으로 직접 봤어요. 저희 그때 아직 초등학생이었거든요. 근데도 캠퍼스에 들어가니까 괜히 어깨가 으쓱해지고, "우리도 나중에 이런 데 올 수 있나?" 하고 서로 말했어요. 잔디밭이 엄청 넓고, 건

물들도 다 멋지고, 사람들이 조용히 책 읽거나 산책하고 있어서 그냥 그 공간 자체가 똑똑해 보였어요. 보스턴 갔다가 뉴욕도 들렀어요. 뉴욕은 진짜 도시 자체가 다 영화 같았어요. 자유의 여신상 근처도 갔고, 거기서 2층짜리 버스 타고 맨해튼을 돌았어요. 저희 넷이 맨 꼭대기 좌석에 앉아서 손 흔들고, 사진도 엄청 찍고, 그리고 뉴욕에서 핫도그랑 피자도 먹었는데요, "미국 피자는 진짜 크다!"하면서 서로 크기 자랑했던 것도 기억나요.

그 여행은 그냥 놀러 간 걸 넘어서, 우리한테는 되게 특별한 순간이었어요. 아빠랑 같이 보낸 시간이 드물었거든요. 근데 그때는 온 가족이 다 모여있었고, 다 같은 호텔, 다 같은 길, 다 같은 햇살 아래에서 웃고 걸었어요. 그래서인지 지금도 그때 얘기하면, 네 명 다 기억이 생생하고, 똑같이 웃어요. 특별히 아빠랑 함께한 그 시간은, 저희한테 작은 축제 같았어요. 평소엔 각자 다른 속도로 살아가다가, 그 여행에서는 같은 시간 속에 들어가 있었던 것 같아요. 그리고 그 순간을 아직도 우리 넷 다 똑같이 기억하고 있다는 게, 왠지 모르게 되게 따뜻해요. "우리 진짜 가족이구나"하는 걸, 실감했어요.

네 개의 심장,
하나의 이야기

11.
여름 캠프, 진짜 못 잊어요

미국이나 캐나다는 여름방학 되면 캠프를 많이 가요. 애들 사이에서는 거의 필수처럼 돼 있는 거예요. 캠프 기간도 보통 일주일, 종류도 다양해서 진짜 별별 경험 다 해볼 수 있었어요. 저희도 그때 여름 스케줄을 캠프로 빡빡하게 채우고 지냈어요. 캠프가 자연 친화적인 스타일이었거든요. 텐트에서 자고, 강가에서 놀고, 캠프파이어 하고, 마시멜로 구워 먹고… 그냥 영화처럼요. 근데 진짜 충격적인 건 어떤 1주일짜리 캠프에 갔을 때였는데 거기서는 딱 이틀밖에 못 씻는 거예요. 그때 웃긴 추억이 있어요. 지헌이가 그걸 진짜 못 참겠는 거예요. 그래서 집에서 가져간 바디워시로 약간 극단적 방법을 썼죠. 어느 날 수영장 가는 날이었는데, 갑자기 온몸에 올인원 바디워시를 바른 거예요. 그것도 물기도 안 닦은 상태로 그냥 덕지덕지 바르고 수영장에 입수! 그렇게 들어가서 닦고 나왔다가 또 바르고 다시 들어가고 이걸 5번쯤 반복했어요. 거품이 진짜, 세제 풀은 줄 알았어요. 그래도 티 안 나게 하려고 처음엔 팔만 바르고, 다음엔 얼굴 바르고 조금씩, 정성 가득한 샤워였죠, 하하.

(지헌이의 변명: "그때 저는 좀 깔끔병 있었거든요. 세수도 하루에 3~4번씩 할 정도로요. 그래서 그런지 그 캠프에서 못 씻는 거 진짜 힘들었는데, 그래도 적응하면서 나름 잘 지냈어요. 근데 지금 생각하니 되게 웃기네요!")

외국에서, 엄마 없이, 모르는 친구들이랑 며칠 동안 캠프를 간다는 게 처음에는 무서웠어요. 근데 막상 가니까 오히려 진짜 친구도 많이 사귀고 너무너무 재밌었어요. 저희가 네 명이라 같이 사는 게 익숙해서 그런지, 친구들이랑도 빨리 친해졌어요. 그때는 쌍둥이들도 다 따로 떨어진 곳에 배치되었는데 각자 기숙사 방에서도 애들이랑 잘 어울렸어요. 캠프파이어도 하고, 마시멜로도 구워 먹고, 승마랑 카약도 타고, 진짜 액티비티가 많았어요. 너무 좋아서 캠프 끝날 때쯤에는 "가기 싫다"는 말이 절로 나왔어요.

재밌는 에피소드가 하나 있어요. 승헌이 얘긴데, 거기서 세이빙 폼으로 얼굴에 묻히는 이상한 게임 같은 게 있었거

네 개의 심장,
하나의 이야기

든요. 근데 승헌이는 그걸 생크림인 줄 알고 먹은 거예요! 진짜 표정이 갑자기 굳으면서 "왜 이렇게 써…?!"하고요.

그땐 몰랐는데 나중에 우리에게 이야기해 주었어요. 그래서 저희 다 배꼽 빠지는 줄.

지금도 가끔 그 얘기 꺼내면 다 웃어요.

P.S.

그때 캠프는 저희 네 명이 '한 팀'으로 움직이다가, 진짜 각자 '한 사람'으로서 살아본 첫 경험 같았어요. 누가 옆에서 도와주는 것도 없이 혼자서 친구 사귀고, 씻는 것도 조절하고, 활동도 선택하고. 지금 생각해 보면 진짜 "독립 연습"했던 시기였던 것 같아요.

그리고 그게 너무 재밌었고, 너무 그리운 시간이에요.

12.
핸드폰도 없이:
진짜 놀 줄 알던 시절

네 개의 심장,
하나의 이야기

저희가 적응도 잘하고 영어도 잘하게 되어서 몇 개월 지난 2월에는 우리 네 명 다 7학년으로 월반하게 됐어요. 그게 그냥 성적 때문만은 아니었던 것 같아요. 실력도 실력이지만, 정신 연령이나 성격이 7학년 애들이랑 더 잘 맞았거든요. 그리고 결정적으로… 7학년 애들이랑은 나이가 똑같았어요. 다 07년생. 완전 찰떡이었죠. 그 덕분에, 친구 사귀는 것도 진짜 빨랐어요.

처음엔 낯설었는데, 어느 순간엔 다들 이름 외우고 있었고 점심시간에는 같이 수다 떨고, 장난치고, 웃고 떠들고 그랬어요. 그리고 7학년 마지막에, 우리 인생 캠프가 있었죠.

2박 3일짜리 현장체험학습. 진짜 레전드였어요. 카약 타고, 클라이밍하고, 수영하고…

그냥 무슨 레포츠 종합세트였어요. 시설도 완전 좋았고, 자연 속에서 맘껏 뛰놀 수 있는 그런 느낌?

밤에는 스피커로 음악 틀고 카드게임 몰래 돌리고… 그때는 핸드폰도 없었는데, 하나도 안 심심했어요. 오히려 더 재밌었어요. 요즘엔 인스타 릴스, 유튜브 쇼츠 같은 자극적인 거에 익숙해져서 5분만 조용하면 "심심해"이러는데, 그땐 종일 놀아도 더 놀고 싶었어요.

그게 진짜 천연 도파민이었죠.

아! 여름방학 때도요. 사실 방학되니까 한국도 가고 싶었거든요. 근데 엄마가 "첫 여름방학이니 함께 가는 것도 좋지만, 각자의 적성에 맞는 캠프도 한번 가봐." 하셔서, 저희는 혼자 과학 캠프 같은 데도 가게 됐어요. 그땐 과학 관련 영어도 잘 못할 때였는데, 어쩌다 보니 금방 친구들이랑 친해졌어요.

그러다 보니 어느새 '인싸'처럼 돼 있었고, 친구들도 엄청 많이 생겼어요. 며칠 동안 이어진 캠프의 마지막 밤에는, 선생님과 친구들 모두 모여서 캠프파이어를 했어요. 노래 부르고, 마시멜로 구워 먹고, 불빛 아래서 얼굴 다 반짝거리고, 그 분위기가 아직도 생생해요. 진짜 평생 기억 속에 저장될 것 같은 순간이었어요. 지금 이렇게 말하면서도, 그때 감정이 막 다시 떠올라요. 그때 우리가 진짜 잘 놀았구나, 그랬구나 싶고요. 처음엔 막막했거든요. "내가 왜 여기 있지?" 싶은 생각도 했고요.

근데 한 달, 두 달 지나니까 친구도 생기고, 학교도 익숙해지고, 영어도 어느 순간부터 들리기 시작하면서 그땐 오히려 한국 돌아가기 싫었어요. 그만큼, 그 시절은 저희한테 진짜 특별했어요.

네 개의 심장,
하나의 이야기

13.
갑작스런 이별,
굿바이 캐나다

캐나다에 좀 더 있고 싶었어요. 근데, 갑자기 팬데믹이 터졌잖아요. 코로나요. 정말 상상도 못 했어요. 처음 캐나다에 갔을 때는 막막해서 빨리 돌아가고 싶었거든요. 막상 돌아갈 시간이 가까워질수록… 오히려 가기 싫어진 거예요. 저희도 이렇게 될 줄은 전혀 몰랐어요. 너무 아쉬웠죠. 원래 계획했던 귀국 시기쯤에, "전 세계에 팬데믹이 올 거다"라는 이상한 소식이 전해졌어요. 만약 그 바이러스만 아니었으면, 저희는 부모님께 진지하게 "조금 더 있고 싶다"라고 말씀드렸을 거예요. 친구들이랑도 더 깊게 지내고 싶었고, 영어도 더 배우고 싶었거든요. 물론 그때도 영어를 꽤 잘했지만, 그래도 아까운 마음이 컸어요. 결국 공항이 막히고, 비행기도 못 뜬다는 이야기가 들리면서 걱정과 아쉬움을 안고 우리는 한국행 비행기에 올라탔습니다. 어차피 캐나다에 평생 있을 건 아니었고 언젠가는 돌아와야 했지만 이런 식으로 떠날 줄은 몰랐죠. 그래도 다행히 7학년은 마무리하고 나왔어요.

그곳에서의 마지막 날은 진짜 잊을 수 없어요. 저희 반 친구들 다 모여서 엄마가 한국 과자 종류별로 사 오시고, 학교에선 영화도 같이 보고, 마지막 인사도 했어요. 그때 친구들이 "아윌 미스 유!"하면서 막 울고… 진짜 마음 찢어졌어요. 저희도 진짜 안 가고 싶었어요. 처음엔 그냥 그런 사이였는

네 개의 심장,
하나의 이야기

데, 이렇게까지 친해질 줄은 몰랐거든요. 친구들이랑 울면서 이별인사를 하게 될 줄은….

　사실 친구들 입장에선 한국에서 온 애들은 어차피 떠날 거라는 걸 아니까 처음엔 조금 거리 뒀을 수도 있을 것 같아요. 근데도 저희랑 마음 열고 잘 지내줘서, 지금 생각하면 더 고맙고, 더 미안하고 그래요. 마지막 날엔 칠판에 이메일 주소 다 써놓고, 무조건 연락하라고 말했는데, 솔직히 그때는 이메일 아이디도 잘 몰랐어요. 결국엔 연락을 못 했고, 그게 제일 아쉬워요. 근데 몇 년 지나고 인스타에서 몇 명 찾았어요. 맞팔도 하고, 가끔 올라오는 게시물 보면서 "아 잘 지내는구나…"그런 생각 들면 조금 위로가 돼요. 그리고 웃긴 건, 그때 거기 살던 한국인 누나가 있었는데 지금 토론토 대학교 다닌대요.
　제 친구랑도 알고 지낸다 하고, 심지어 저희 고등학교 졸업생 중 한 명도 그 누나랑 인스타 스토리에 같이 나오는 거 보고 세상 진짜 좁다고 느꼈어요.

　지헌　저는 캐나다에 계속 있고 싶었지만, 어차피 한국으로 가야 한다는 걸 알고 있었기 때문에 마음을 좀 정리했어요. 저는 원래 받아들이는 편이라서, 그때는 "2~3년 지나면 괜찮아지겠지"라는 생각으로 스스로 마음을 다잡았어요. 그리고 한국 와서 학원을 열심히 다니고 싶었어요. 한국 학생들이 하는 그 빡빡한 스케줄로 된 학원을 경험해보고 싶어서 엄마한테 막 졸랐던 기억이 나요. 그래서 한동안 좀 다녀보기도 했어요. 휴~ 그런데 지금은 아니에요!

채헌 저는 사실 한국도 그립고, 캐나다도 좋았어요. 한국 음식이랑 배달 음식이 너무 먹고 싶었어요. 그리고 한국에 있는 친구들도 진짜 그리웠어요. 그래서 돌아간다는 생각에, 한편으론 설레기도 했던 것 같아요. 저희가 도착하기 전에 아빠가 먹고 싶은 대로 메뉴를 고르라고 하셨어요. 그래서 잔뜩 시켜주셨어요. 오자마자 완전 신났죠!

승헌 저는 한국 돌아왔을 때 제일 이상했던 게, 초등학교 친구들이 하나도 기억 안 나는 거예요. 이름도 모르겠고, 얼굴도 기억 안 나고. 그리고 영어 쓰다가 갑자기 한국말로 다시 바뀌니까 진짜 어색했어요. 그래도 제일 먼저 하고 싶었던 건 아빠를 만나는 거였고요. 오랜만에 아빠 보니까 진짜 좋았어요. 그리고 다 같이 1인1닭으로 깐풍치킨, 뿌링클 시켜 먹었죠. 최고였어요.

네 개의 심장,
하나의 이야기

준헌 저는 그냥 진심으로 한국 가기 싫었어요. 더 있고 싶었어요. 물론 한국 오니까 좋긴 했지만, 처음엔 진짜 허무했어요. 그냥 꿈같았어요. 너무 빨리 끝나버린 느낌!

캐나다를 떠올리면 가장 그리운 게 뭐냐고요?

승헌이는 친구들이 제일 그립대요. 그 순수한 분위기, 같이 웃고 뛰고 놀던 시간들… 그게 진짜 소중했대요. 만약 1년만 더 있었다면, 같이 졸업도 했을 텐데 그게 너무 아쉽대요. 채헌이는 영어 실력이 가장 그립대요. 그때는 진짜 원어민처럼 말했거든요. 영상 보면 저도 깜짝 놀라요.

지금은 한국에서 살다 보니까 그 실력이 유지가 안 돼서 그게 좀 속상하대요.

저희 모두가 공감하는 게 하나 있어요. 그때 YMCA라는 진짜 좋은 체육관이 있었는데, 엄마가 회원권 끊어주셨는데, 저희가 잘 안 갔어요. 그게 제일 후회돼요. 지금 생각하면 좋은 환경이었는데 그땐 감사한 줄 몰랐던 거죠. 지금 와서 보면, 그 1년 3개월이 정말 너무 소중했어요.

친구들, 학교, 분위기, 언어, 풍경, 심지어 날씨까지 다 그리워요. 가끔은 그냥, 그때로 다시 돌아가고 싶어요. 그때 저희가 몰랐던 것들, 이제는 너무 잘 알겠거든요. 그래서 더 아쉽고, 그래서 더 감사해요.

캐나다를 떠나며 우리가 그곳에서 배운 것들

우리가 캐나다에서 보낸 1년 3개월은 그냥 외국에서 살다 온 추억 정도가 아니에요. 그건 말 그대로 우리 마음 한 켠을 만들어준 시간, 지금의 우리를 있게 해준 진짜 성장기였어요. 처음엔 낯설고, 어색하고, 울고 싶기도 했지만, 그곳에서 우리는 울 줄 아는 사람이 됐고, 웃을 수 있는 사람도 됐고, 처음 보는 사람과도 친구가 될 수 있는 사람이 됐어요. 놀이에서 배운 협동, 수업에서 느낀 자신감, 친구들과의 갈등 속에서 익힌 표현력, 그리고 아무것도 하지 않던 순간들에서 싹튼 상상력. 그 모든 게, 우리를 조금씩 더 '우리답게' 만들었어요.

우리는 그 시간 속에서 또 자랐어요. 키만 자란 게 아니라, 마음도 같이 자랐어요. 왠지 모르게 좀 더 어른이 된 느낌이에요. 그건 아마, 그곳에서 진짜 '나'를 만났기 때문일 거예요. 고마웠어, 캐나다. 우리가 웃었던 모든 순간, 다 기억할게.

비행기가 착륙할 때,
창밖으로 한국의 풍경이 보였어요.
산도, 도로도, 아파트 단지도, 어쩐지 다 익숙했어요.
그런데 이상하게도… 마음은 낯설었어요.

"우리 진짜… 돌아온 거야?"

기내에 조용히 울리던 방송보다
속으로 울리던 그 말이 훨씬 더 또렷했어요.
몸은 고향으로 왔지만 우리는 어쩌면
또 다른 낯선 세계로 들어가려는 중이었어요.

3부. 돌아 온 자리 : 귀국과 한국 종악원 시절

1.
코로나와 함께 시작된
한국 생활

한국으로 돌아온 직후, 저희는 아무것도 할 수 없었어요. 진짜 말 그대로, 아무것도요. 공항에서부터 마스크에 자가격리니 뭐니, 분위기 자체가 아예 딴 세상이었어요. 캐나다에서 친구들이랑 마지막까지 막 뛰놀다가 왔는데 갑자기 14일 동안 방 안에서 절대 못 나가요' 이러니까 몸도 마음도 다 멈춘 느낌이었어요. 근데 자가격리가 끝났다고 뭔가 시작된 것도 아니었어요.

학교는 계속 온라인 수업이었고, 정식으로 등교한 것도 한참 뒤였거든요.

처음엔 좀 신기했어요. "우와, 진짜 집에서 수업 듣는 거야?" 이러면서요. 근데 그게 딱 일주일 갔어요. 그다음부턴 진짜 끝없는 무기력의 시작이었어요. 솔직히 말하면, 그때 1년은 저희 인생에서 제일 '텅 빈 시기'였던 것 같아요. 캐나다에선 하루하루가 막 살아있는 느낌이었는데, 한국 와서는 그냥 시간이 저절로 지나가는 느낌? 수업은 틀어놓고 옆에

선 오버워치 하고 있고, 웹캠도 안 켜니까 선생님도 우리가 자는지 뭐 하는지 모르는 상황. 그게 하루 이틀이 아니라 계속, 매일, 몇 달 동안이었어요.

그때를 회상하며 준헌이는 그 시기를 "진짜 아무 의미도 없었던 해"라고 말했는데 저희도 다 공감했어요. 시험도 없고, 자율학기제라고 해서 공부를 막 시키지도 않았어요. 그러니까 딱히 목표도 없고, 뭘 해야 할지도 모르겠고 그냥 컴퓨터 앞에 앉아있긴 한데, 속은 텅 비어있는 그런 느낌이었어요. 더 웃긴 건, 캐나다에 있을 땐 게임도 끊고 되게 건강하게 살았거든요.

근데 한국 오자마자 게임에 빠져버렸어요. 오버워치, 롤, 피파, 유튜브, 등등. 그냥 종일 스크린 안에서 살았어요. 그 광경을 보며 엄마가 머리를 잡으셨어요.

아무도 뭘 하라고 하지 않았고, 저희도 그냥 "이 시기가 지나면 뭔가 달라지겠지"하면서 아무 계획 없이 기다리고만 있었던 것 같아요. 그 시절의 하루하루는 그냥 그렇게, 의미 없이 툭툭 떨어지는 벽돌처럼 쌓여간 갔어요.

지금 돌아보면, 그렇게 '아무 일도 안 일어나는 시기'가 우리에겐 오히려 더 힘든 시간이었던 것 같아요.

네 개의 심장,
하나의 이야기

<h1 style="text-align:center">2.
공립 중학교의 첫날:
교복 입고, 다시 시작해요</h1>

그러다가 어느 날, 정말 갑자기 등교하라는 연락이 왔어요. 코로나 확진자 수가 조금 줄어들고 나서였죠. 오래 기다렸던 등교였는데, 막상 가려니까… 진짜 떨렸어요. '중학교' 하면 머릿속에 떠오르는 그 이미지 있잖아요. 교복 입고 무표정한 애들, 눈 마주치면 시비 걸릴 것 같고, 일진도 있고, 선생님은 막 엄청 엄할 것 같고, 근데 막상 가보니까 생각보다 안 무서웠어요. 선생님들도 다 착하시고, 반 분위기도 나쁘지 않았고, 애들도 대부분 그냥 '평범한 우리 또래 친구들'이었어요. 조금은 어색하고 낯설었지만, "아, 나 이 학교에서 살 수는 있겠다" 하는 마음이 들었어요.

물론 캐나다랑은 많이 달랐어요. 거긴 리세스 타임이라는 시간이 아예 정해져 있고, 그 시간엔 무조건 밖에 나가서 햇볕 쬐고 놀아야 했거든요. 자유롭고, 몸을 움직이는 시간이 많았어요. 근데 한국은 모든 게 딱딱 정해져 있고 '시간표대로 돌아가는 세상'이었어요. 그게 처음엔 좀 답답했어요. 자유롭던 몸이 가만히 앉아있는 게 힘들고, 계속 뭔가 채워야만 하는 스케줄 속에 던져진 느낌이었어요.

친구 사귀는 방식도 좀 달랐어요. 캐나다에선 같이 프로젝트 하거나, 같이 놀면서 자연스럽게 친해졌는데, 여긴 약간 "내 공부는 내가 알아서" 분위기? 개인주의적인 느낌이 있었어요. 그래도 다행히 게임 좋아하는 친구들이 있어서

네 개의 심장,
하나의 이야기

같이 이야기하다가 웃고, 쉬는 시간엔 운동장 나가서 축구
도 하고 그러면서 조금씩 익숙해졌어요. 처음엔 진짜 아무
것도 하기 싫고 캐나다가 너무 그리웠는데, 조금씩 친구 생
기고, 학교생활 익숙해지고, 할 일이 생기고, 그렇게… 자리
를 잡아갔던 것 같아요. 지금 돌이켜보면, 그때의 한국 적응
기라는 게 완벽하진 않아도 분명 우리 안에 무언가를 하나
씩 쌓아준 시간이었어요. 그때가 있었으니까 지금 이렇게
웃으면서 얘기할 수 있는 거겠죠?

3.
학교의 전환:
공교육에서 국제학교로

국제학교로의 갈림길, 우리의 선택

한국에 돌아온 지 1년쯤 됐을 때였어요. 코로나는 여전
히 끝나지 않았고, 학교는 계속 온라인 수업이 많았고 학교
가는 날도 다들 마스크 쓰고 말도 못 걸고, 수업 시간에도 솔
직히 딴짓만 하고 그냥 집중이 아예 안 됐어요. 말 걸 친구도
없고, 교실에서도 조용하고…. 그냥 뭔가 계속 벽에 대고 앉
아있는 기분이었어요. 수업이 시작됐는지도 모르겠고, 화면

은 켜놨지만 마음은 딴 데 있고, 게임에 빠지고, 그냥 시간을 버티고만 있었던 시기였어요.

이런 우리들의 모습에 엄마가 진짜 마음을 단단히 먹으셨어요. "이대로 두면 안 되겠다." 그 말 한마디가 시작이었죠. 엄마는 고민 끝에 기독교 국제학교를 알아보셨고, "믿음도 키우고, 공부도 더 집중할 수 있을 거야" 하시면서 저희를 그쪽으로 보내겠다고 하셨어요. 근데요, 저희 넷 다 처음엔 반대했어요. 특히 채헌이는 강하게 반대했어요. 지금도 학교 친구들이 있는데, 채헌이는 중학교 2학년 때 전교 부회장에 도전하려고 계획까지 세웠거든요. 그런데 왜 갑자기 학교를 옮겨야 하냐고요. 게다가 채헌이는 중학교 졸업하고 외고 가고 싶다는 꿈도 있었거든요. 저희 셋도 솔직히 마음은 비슷했어요. 편안한 게 좋은데 갑자기 또 '새로운 환경'에 들어간다는 게 너무 싫었어요.

그때 생각했어요. "이 기분… 캐나다 가기 전 그때랑 똑같다." 하지만 엄마 아빠는 진짜 진지하셨어요. "신앙과 학문을 균형 있게 배울 수 있는 곳에서 배우자" 라고 말씀하시면서 저희를 설득하셨어요. 그래서 준헌, 승헌, 지헌 이렇게 셋은 국제학교로 전학을 가기로 했어요. 그때가 중학교 1학년을 마친 후였어요. 그런데 채헌이는 끝까지 "난 안 간다" 고 버텨서 계속 일반학교에 남기로 했어요.

4.
첫 번째 국제학교에서

엄마가 여러 학교를 알아보셨고 최종적으로 7개의 학교를 고르셨어요. 그중에서 하나를 골라 선택했고요. 그래서 그 학교를 처음 갔을 땐 사실 좀 기대했어요. 더구나 저희 네 명에게 장학금을 주기로 한 학교였거든요. "기독교 학교면 분위기도 좋고, 공부도 열심히 하겠지?"하면서요. 하지만 그건 그냥 착각이었어요. 기숙사 들어간 순간, 분위기 딱 알겠더라고요. 공부하는 애는 없고, 다들 게임 삼매경. 특히 기숙사 생활이 거의 통제가 안 됐어요. 일반 학교에 다니는 것처럼 공부를 많이 시키는 것도 아니고 그렇다고 캐나다처럼 몸으로 뭔가 배우는 것도 아니었어요.

거기다 기숙사 불이 꺼지는 순간, 그야말로 자유분방한 밤이 시작됐어요. 아이들의 이런 생활을 학교에서는 전혀 모르고 있었는지, 정말 학생들 마음대로였죠. 청소년으로서 지켜야 할 금기를 아무렇지 않게 깨는 학생들도 보면서 꽤 충격을 받았어요. 게다가 우리가 기대했던 '기독교스러운 분위기'도, 어린 시절 경험했던 그것과는 전혀 달라서 잘 맞지 않았어요. 저희도 많이 혼란스러웠죠. 엄마 선배의 지인

분이 딸을 그 학교에 보내고 졸업시킨 경험을 솔직하게 들려주셨는데, 그 이야기를 통해서도 저희는 더 좋은 학교를 찾게 되길 바라게 되었습니다.

물론, 처음 해보는 기숙사 생활은 나름대로 새로운 경험이었어요. 라면 끓여 먹고, 형들이랑 몰래 야식 먹으면서 밤새 웃고 떠들던 시간들… 그런 재미는 분명 있었죠. 고작 15살, 일주일간의 기숙사 경험이었지만 나쁜 것만은 아니었어요. 물론 빨래나 방 정리는 정말 힘들었지만요.

엄마 없이 혼자서 해보니, "아, 이런 작은 일 하나하나가 장난이 아니구나." 하는 걸 많이 느꼈어요. 그래서 조금 더 어른스러워지는 계기가 됐고, 그런 면에서는 유익한 경험이기도 했습니다. '자율'이라는 이름 아래 시간을 그냥 아무렇게나 흘려보낸 게 아니라, 우리는 이런저런 실수를 겪으며 한 걸음씩 성장하고 있었어요.

결국 일주일 만에 그 학교를 나오게 됐고, 2개월 동안은 그냥 도서관에 다니며 공부했어요. 그동안 엄마는 진짜 '제대로 된' 국제학교를 찾으셨고요. 저희도 레벨테스트 준비를 하면서 "이번엔 정말 잘 시작하자"는 마음으로 열심히 했습니다. 그리고 드디어, 지금 다니고 있는 페이스튼 국제학교에 들어가게 됐어요.

5.
두 번째 국제학교,
페이스튼(FASTON)

두 번째로 국제학교를 알아보고 다시 입학하려던 그 시점에 부모님은 채헌이까지 모두 다 전학 가길 원하셨어요. 그런데 채헌이는 여전히 원래 다니던 공립중학교에 계속 다니고 싶어 했어요. 중학교 2학년이었는데, 채헌이는 전교 부회장인데다 학교생활도 적극적이었거든요. 거기다 임원을 맡으면 1년 동안 책임지고 해야 하잖아요. 채헌이는 책임감이 좀 강해요. 갑자기 전학을 가버리면 자기가 맡은 걸 버리는 느낌일까 봐, 그리고 친구들한테도 무책임해 보일까 봐 그게 너무 싫었대요. 그래서 저희 셋만 다시 다른 국제학교로 전학 가게 됐고, 그때도 채헌이 혼자 남기로 선택했어요.

사실 또 다른 이유도 있었다고 해요. 채헌이는 친구들이랑 또 헤어지는 거, 그게 제일 힘들었다고 해요. 예전에 캐나다 갔을 때도 친구들이랑 떨어지는 게 진짜 힘들었대요. 겨우 다시 한국 친구들이랑 친해지고, 중학교 생활도 좀 익숙해졌는데 또 새로운 환경, 또 새로운 사람들? 그게 진짜 너무 부담스러웠겠죠.

채헌이는 원래 익숙한 걸 좋아하는 성격이에요. 그래서 이미 알고 있는 친구들이랑 계속 지내고 싶은 마음이 진짜 컸나 봐요. 그래서 엄마 아빠가 국제학교 얘기하셨을 때, "전 안 갈래요" 하고 끝까지 버텼던 거죠. 또 적응하고, 또 헤어지고, 그 반복이 너무 싫었던 거예요.

근데 시간이 지나면서, 마음이 조금씩 바뀌기 시작했다고 하네요! 준헌이, 승헌이, 지헌이 셋이 국제학교를 먼저 다니기 시작했잖아요? 애들이 집에 오면 진짜 달라진 거예요. 표정이 편안하고, 학교 얘기를 재밌게 하고, 배우는 내용도 흥미로워 보이고, 무엇보다 여유로워 보였대요. 반면에 채헌이는 학원 갔다가 또 공부하고, 매일같이 똑같은 시험 준비하고, 조금씩 지쳐가고 있었고요. 그때 채헌이가 속으로 그랬대요. "같은 집에 사는 형제들인데, 왜 나만 이렇게 버거운 하루를 보내고 있지?"

국제학교는 수업도 자유롭고, 대학교처럼 교실도 이동하고, 질문도 마음껏 할 수 있고, 분위기가 전반적으로 되게 유연하잖아요. 그런 환경 속에서 준헌이, 승헌이, 지헌이는 자신감도 더 생기고, 친구도 잘 사귀고, 표정에서부터 여유가 느껴졌어요. 그게 진짜 부러웠대요. 채헌이 마음이 점점 바뀌기 시작한 거죠.

그래서 결국, 저희 셋이 페이스튼 국제학교에 가서 반 학기쯤 지났을 때 채헌이가 먼저 엄마한테 말했어요. "엄마, 나도 이제 국제학교 가면 안 될까요?" 그렇게 해서 2021년, 채헌이는 준헌이, 승헌이, 지헌이보다 한 학기 늦게 9월, 8학년 1학기로 입학하게 됐어요. 한국은 3월에 1학기가 시작되지만 국제학교는 9월에 시작하거든요.

채헌이한테는 정말 큰 변화였어요. 무엇보다 스스로 가고 싶다는 생각이 되었을 때 결정해서 그런지 자신의 결정에 만족하는 것처럼 보여요. 지금은, 그때 "가겠다"고 말한 걸 진심으로 잘했다고 합니다!

P.S. 페이스튼 국제학교는요!

페이스튼 기독국제학교 (Fayston Preparatory School)는 2010년, 경기도 용인시 수지구에 설립된 미국 사립형 국제학교예요. 수업은 전부 영어로 진행됐고, AP 과목 같은 고급 과정도 있었어요. 그래서 솔직히 공부는 좀 빡셌지만, 대신 소수정예라서 선생님이랑 학생 비율이 되게 낮았거든요. 그 덕분에 학생 개개인이 정말 존중받는다는 걸 느낄 수 있었어요. 그리고 페이스튼은 단순히 공부만 하는 곳이 아니라, '신앙의 마을'같은 분위기가 있었어요. 함께 예배를 드리고, 말씀 안에서의 삶이 자연스러운 일상이었죠. 친구들이랑 선생님들이 신앙 안에서 서로를 챙기고 기도해주거든요. 그래서 경쟁보다는 같이 성장하고, 함께 믿음을 나누는 공동체로서의 힘이 강했어요.

페이스튼은 성경적 가치관에 따라 공부하는 곳이에
요. 믿음, 관계, 글로벌 감각을 동시에 키워주는, 진짜
의미의 '신앙의 마을'이자 '글로벌 학교'랍니다.

6.
공교육에서 국제학교로:
채헌이의 이야기

네 개의 심장,
하나의 이야기

공교육에서 배운 끈기, 국제학교에서 다시 꺼내 썼어요

저는 사실 네쌍둥이 중에서 공교육의 맛(?)을 제일 진하게 본 사람이에요. 중학교 1학년, 2학년 반학기를 한국 공립 중학교에서 다녔거든요. 그때는 진짜 시험이 제일 중요했어요. 수행평가 그땐 시험이 진짜 전부였어요. 중간고사, 기말고사 성적이 그 학기의 거의 모든 걸 결정하니까 시험 한 번 망치면 멘탈도 같이 무너졌고요. 그래서 시험 기간만 되면 엉덩이 붙이고 하루 종일 책상 앞에 있는 사람이 됐어요. 하루가 다 사라질 정도로요. 그냥 당연히 공부는 그렇게 하는 거다 싶었던 때였어요. 지금 생각해보면 그때가 저한테 "공부 근육"을 만든 시기였던 것 같아요. 좀 고되긴 했었지만, 요즘도 그 힘으로 버티는 부분이 많아요.

그러다가 국제학교로 전학을 갔는데, 진짜 분위기가 완전히 다른 세상이었어요. 물론 시험도 있었지만 그게 전부는 아니고, 프로젝트, 프레젠테이션, 수업 참여, 조별 과제 같은 게 오히려 더 중요했어요.

어떤 때는 팀끼리 광고를 기획하거나, 앱을 만들기도 하고, 또 어떤 때엔 자기 생각을 영상으로 표현해서 과제로 제출하는 식이었어요. 처음엔 진짜 당황했어요.

"이걸 어떻게 점수로 매기지…?"

"이런 거 해본 적 없는데…"

그런 생각이 계속 들었거든요. 근데 그 와중에도 시험은 또 시험대로 존재하잖아요. 그래서 저는 그냥 자동으로 중간고사나 기말고사가 다가오면 계획 세우고, 복습하고, 스스로 슬슬 공부를 시작했어요. 아무도 시키지 않았지만, 그게 이미 습관처럼 남아있었던 거죠.

문제(?)는 우리 집 세 명 형제들이에요. (소곤소곤!) 준헌이, 승헌이, 지헌이는 사실 시험이라는 걸 거의 안 겪어봤어요. 왜냐면 중학교 1학년 자유학기제 시절이라 시험 없이 놀았던 시기였거든요. 그래서 그런지 국제학교 처음 다녔을 때는 진짜 벼락치기의 달인들이었어요. 시험 다가와도 "아 몰라~ 내일 좀 보지 뭐~" "그거 언제야? 오늘이야?" 이런 식으로요. 진심으로 '헉… 진짜 저래도 되나…?' 싶었어요. 애들은 위기가 와야 각성하더라고요.

제가 느낀 건요, 공교육이랑 국제학교는 진짜 완전 달라요. 공부 방식도 다르고, 평가도 다르고, 아이들이 공부에 접근하는 태도도 달라요. 그 두 세계를 다 경험해봤다는 게 제게는 유리한 점이기도 해요. 한쪽에서 배운 걸 다른 쪽에서 꺼내 쓸 수 있다는 거?

네 개의 심장,
하나의 이야기

예를 들면 공립학교에서 배운 계획력이나 끈기, 그걸 여기선 자기표현이나 창의성과 섞어서 제 방식으로 잘 써먹을 수 있다는 느낌이요. 뭔가, 두 개의 언어를 말할 줄 아는 사람이 된 느낌? 한쪽 눈만 보던 세상에서, 이젠 양쪽 눈으로 더 넓게 볼 수 있게 된 느낌이에요.

형제들이 본 채헌이

"채헌이는 시험 준비할 때 열심히 해요. 우리랑 다르게 공교육에서 시험 제도를 겪어봐서 그런지 집중력이나 성실함이 확실히 있어요. 저희는 자유학기제였어서 중학교 때 시험 자체가 없었잖아요. 그냥 매일 놀았던 기억뿐인데… 채헌이는 뭔가 혼자 다른 레벨이었어요." - 지헌

"맞아요. 저랑 승헌이는 진짜 공부 안 했거든요, 하하. 그냥 '자유학기니까 놀자~'였고, 국제학교 와서도 공부 습관 잡는 게 어려웠는데 채헌이는 가끔 혼자 계획 세워서 공부하고 있었어요. 같이 벼락치기 하자고 하면 '나 며칠 전부터 했는데?' 이러고… 그때 진짜 놀랐어요." - 준헌

"그 덕분에 중간고사, 기말고사 같은 것도 채헌이는 훨씬 잘 준비돼 있었던 느낌이었어요. 우리는 레벨테스트 직전에

막 당황했는데 채헌이는 그냥 '원래 시험은 이런 거지~'라
는 마인드였어요. 그게 좀… 부럽더라고요."-승헌

하지만 지금 다니는 국제학교는 수준이 좀 있어서 레벨
테스트 통과 못 하면 진급이 어렵거든요. 그 사실을 처음 알
았을 때 우리 다 같이 멘붕 왔어요. "헉… 이건 진짜 해야겠
다." 그때부터 준헌이, 승헌이, 지헌이도 조금씩 공부하는 모
드로 바뀌기 시작했어요.

P.S.

둘 다 경험하면서 느낀 건데 공교육이 만든 건 압박감만
이 아니에요. 거기서 배운 집중력, 끈기, 자기주도성 같은
건 어떤 환경에서도 무기처럼 꺼내 "내가 겪은 걸 의미 있
게 써먹을 수 있다"는 자기 확신이 생긴다는 건 진짜 건강
한 성장의 한 모습이에요.

네 개의 심장,
하나의 이야기

7.
전학을 가면서 느낀 생각들

준헌 "저는요, 그때 완전 '순종 모드'였어요. 그냥 엄마 아빠가 가자니까 아무 생각 없이 '네~'하고 따라갔어요. 사실 그때는 어디든 상관없었거든요. 학교도 딱히 소속감 같은 거 없었고, 캐나다도 한 번 갔다 온 경험이 있어서 그런지 '한 번 더 해보자' 이런 마음이었어요.

한국 학교로 다시 돌아간다고 생각하니까 좀 막막하긴 했어요. 공교육 시스템이 저랑은 잘 안 맞는 느낌이 있었고, 학원 문화도 별로 안 맞았어요. 그래서 오히려 국제학교가 더 나을 수도 있겠다 싶었어요. 저는 새로운 환경 좋아해요. 강압적인 분위기보다는 자유롭고 자율적인 분위기가 편하거든요. 솔직히 말해서, '여기서도 못 하면 진짜 내가 문제지!' 이런 마음도 있었어요. 그래서 그냥 가보자는 생각으로 시작했는데, 생각보다 할 게 많고 복잡해서 좀 당황했어요. 근데 지금은 잘했다고 생각해요."

승헌 "솔직히 말해서, 저는 그때 진짜 겁났어요. 제가 한국에서 중학교 좀 다녀봤잖아요. 그래서 아는데, 진짜 공부 빡세요. 한 학기나 밀렸다고 생각하니까, '이거 절대 못 따라가겠다' 싶었어요. 그때 국제학교를 다시 간다고 했을 때, 머리로는 '이게 맞나?' 싶으면서도 그냥 갔어요. 어쨌든 국제학교도 한 번 경험해봤고, 새 학교면 조금이라도 편할 수 있을 것 같았거든요. 영어는 그래도 자신 있었어요. 그걸로 버틴 거 같아요. 근데 와보니까 여기도 쉽진 않더라고요. 포트폴리오 만들고, 프로젝트 하고, 발표하고…. 그냥 공부 잘한다고 끝나는 게 아니었어요. 특히 중2 때는 농구에 꽂혀 있었거든요. 공부는 거의 안 하고 농구만 했죠.

그러다 아빠가 '이럴 거면 왜 왔냐' 하셨을 때 찔렸어요. 솔직히 그땐 그냥 돌아가기 무서워서 온 것도 있었던 거 같아요. 지금 생각하면 좀 웃기죠. 근데 그때는 진지했어요."

채헌 "솔직히 말해서요, 저희 넷 중에서 제가 제일 예민하게 생각했던 것 같아요. 저는 사실 새로운 환경에 적응하는 거 그렇게 빠르지 않은 편이라서, 처음엔 되게 걱정 많았어요. 친구들도 새로 사귀어야 하고, 수업 방식도 다르고요.

국제학교에 다시 입학했을 때, 저희는 동시에 같이 들어간 게 아니었잖아요. 먼저 준헌이, 승헌이, 지헌이 이렇게 셋이 먼저 학교에 들어갔고, 저는 조금 늦게 합류했어요. 그냥 시간이 조금 어긋났을 뿐인데도, 그게 제겐 꽤 큰 차이처럼 느껴졌어요.

솔직히 좀 걱정됐거든요. 형제 셋은 이미 학교에서 금방 인기쟁이가 되어 있었어요. 운동도 잘하고, 성격도 활발해서 친구들이랑 금방 친해졌대요. 그러다 보니 학교 안에서는

"쟤네 네쌍둥이라는데, 그 나머지 한 명은 누구야?"이런 말
들이 막 돌고 있었대요. 어느 날엔 친구들이 준헌이한테 "채
헌이 언제 오냐? 궁금하다!"이런 말도 했대요. 그 얘기 들었
을 때, 기분이 좋기도 했지만 솔직히 좀 부담됐어요. '내가
막상 나타났는데 기대에 못 미치면 어떡하지?' 그런 생각이
자꾸 들었거든요. 게다가 그때는 코로나 시기여서 다들 마
스크를 쓰고 다녔잖아요. 저는 제 얼굴에 자신도 별로 없었
고…. 그 시기에 자존감이 좀 낮았던 것 같아요. '내가 뭘 보
여줄 수 있을까?' 이런 고민도 있었고요.

근데 막상 학교에 가보니까, 친구들이 다 착했어요. 그리
고 형제들이 먼저 들어가서 이미 분위기를 딱 만들어놓은
상태라 저는 그냥 그 안으로 자연스럽게 들어가기만 하면
되는 상황이었어요. 그 덕분에 생각보다 훨씬 쉽게 적응할
수 있었고, 친구들도 금방 생기고, 지금은 학교생활도 꽤 잘
하고 있어요.

이렇게 말하면 좀 웃길 수도 있는데, 네쌍둥이라는 게 처
음엔 되게 부담스러웠지만, 나중엔 엄청난 장점이었던 것
같아요. 물론 친구들이 기대한 만큼 잘해줘야겠다는 마음도
컸고, 그래서 더 열심히 하려고 노력했던 것도 있어요.

시간이 지나니까, 오히려 제가 국제학교에서 더 편하다는

네 개의 심장,
하나의 이야기

걸 알게 됐어요. 자기 할 일 하면서 조용히 지낼 수 있는 분위기가 좋았고, 발표나 프로젝트는 힘들지만 나름 재미있었어요. 제 성격에는 이렇게 개별성을 존중해주는 학교가 더 잘 맞았던 것 같아요. 지금은 국제학교에 온 걸 정말 잘했다고 생각해요. 쉽진 않았지만, 스스로 성장할 수 있는 기회였어요.”

지헌 “저는요, 그때 사실 생각이 복잡했어요. 저에게 첫 국제학교가 충격과 함께 그리 좋은 경험이 아니었고, 캐나다 다녀온 직후, 정서적으로도 좀 흔들릴 때였어요. 그래도 뭔가 깊이 생각하고 선택할 시간이 없었어요. 그냥 탁탁 일이 진행돼서, ‘이제 너네 국제학교 다녀야 해’ 이렇게 된 느낌이었거든요. 머리로는 ‘국제학교가 맞겠지’ 싶었는데, 마음은 불안했거든요.

뭔가 계속 새로운 환경에 던져지는 느낌이었어요. 캐나다도 갔다 왔고, 다시 공교육 들어가는 건 아닌 것 같고, 한 학기 밀린 상황에서 한국 시험 시스템 따라가는 것보다는 국제학교가 나에게 더 맞지 않을까 생각했어요. 국제학교는 뭔가 자유롭고, 대신 스스로 해야 할 게 많다는 게 제가 넘어야 할 산이었죠.

저는 계획 세우고 실천하는 걸 좋아하는 편인데도, 국제학교에서는 그게 더 강하게 요구되더라고요. 프로젝트, 발표, 그룹 작업, 다 좋긴 한데 진짜 정신없었어요. 근데 그만큼 책임감도 커지고, 뭔가 '내가 이걸 해냈다'는 성취감도 컸어요. 지금 생각하면요, 그때 그 선택이 저한테 되게 중요한 발판이 됐던 것 같아요. 그때는 새로운 시작이 무서웠지만, 덕분에 지금의 제가 있어요."

P.S.

따로 또 같이

친구들이 우리를 처음엔 하나의 '세트'처럼 봤지만, 시간이 지나면서는 각자 개성대로 친구들이 생겼어요.

재밌는 건, 그렇게 따로 노는 것 같으면서도 우리 넷이랑 친한 친구들은 신기하게 다 연결돼있었다는 거예요. 다같이 친구가 되고 운동도 같이하고요. 그런 식으로 엮이다 보니까 항상 함께 있는 건 아닌데도, 어딘가 같은 동그라미 안에 있는 느낌이 들었어요. 처음엔 부담으로 시작됐지만, 지금은 그 부담도 다 추억이 됐고요. 네쌍둥이라서 겪을 수 있었던 특별한 경험이라서, 지금은 참 좋다고 느껴요.

네 개의 심장,
하나의 이야기

모서리는 돌출된 지점 또는
변화의 경계를 의미하는 비유적인 표현이에요.

성장은 직선적이지 않고,
때로는 불확실하거나
까다로운 부분이 있는 것 같아요.
우리들의 성장은 이렇게 모서리처럼
뾰족한 지점에서 한 단계 더 나아가기 위한
갈림길을 만나기도 합니다.
네쌍둥이들은 이렇게 자아를 찾아가는 과정에서
모서리를 만날 때마다
혼란과 발전의 순간을 만나게 됩니다.

우린 성장하고 있으니까요!

4부. 성장의 모서리

1.
페이스튼(FASTON)의 생활

국제학교를 다시 옮기게 됐을 때, 우리는 그게 어떤 경험이 될지 잘 몰랐어요. 그저 막막하고, 조금은 두려운 마음으로 시작했죠. 그런데 막상 다녀보니까, 이곳은 정말 이전과는 전혀 다른 세상이었어요. 저희는 공교육도 해봤고, 다른 국제학교도 다녀봤으니까, 확실히 비교가 좀 돼요. 뭐가 다르냐고요? 가장 먼저 느낀 건, 수업 방식이 완전 달라요.

공교육에서는 한 반에 앉아서 선생님이 교체되잖아요. 근데 국제학교는 과목마다 교실을 옮겨 다녀요. 완전 대학교처럼요.

"아침에 홈룸이라는 시간에 잠깐 반 친구들이랑 조회하고, 핸드폰도 제출하고 나면, 바로 각자 1교시 교실로 이동해요. 그다음부터는 계속 교실 옮겨 다녀야 해서, 처음엔 당황했어요."

게다가 우리 학교는 언덕이 많았거든요. 쉬는 시간 10분 안에 화장실 들렀다 사물함 가고 다음 교실로 가야 하는 게 너무 빡셌어요. 근데 또 며칠 지나니까 적응이 되긴 하더라고요. 저희 체력도 꽤 되는 편인가 봐요. 제일 힘들어한 건, 바로 시험 중심이 아니라는 거였어요.

"공교육 때는 시험 잘 보면 끝이라고 생각했어요. 그래서 숙제는 좀 대충했었거든요. 근데 국제학교 와서는 그게 완전 반대더라고요. 숙제가 중요해요. 성적에도 반영 많이 되고요. 처음에 에세이 점수 보고 충격 받았어요. 포맷 틀렸다고 거의 반점 깎인 거 있죠!”

“공부해서 점수 잘 받는 걸로 끝나는 게 아니라, 그 ‘과정’이 정말 중요했어요.”

과제 형식, 협동 태도, 발표할 때의 태도까지 다 점수에 포함돼요. 그리고 국어나 영어 같은 과목도 그냥 문법만 배우는 게 아니라, 토론하고, 연기하고, 영상도 만들고… 정말 다양한 활동을 해요.

“저는 영어 수업하면서 친구들이랑 조별로 짧은 영화 찍은 적도 있어요. 근데 그게 단순히 재밌자고 한 게 아니라, 협업 능력을 보려는 수업이었어요.”

국제학교는 성적만 잘 받아선 대학 못 가요. 미국식 시스템이라서, 자기소개서 에세이, 선생님 추천서, 외부 활동이 진짜 중요해요.
공부 외에도 얼마나 다양한 경험을 했는지, 어떤 활동을 해왔는지가 엄청 중요하게 작용하거든요. 그게 솔직히 좀 벅찰 때도 있었지만, 한편으론 내가 뭘 좋아하는지 생각하고 그걸 찾아가는 과정이 뿌듯하긴 했어요. 공교육에선 상대적으로 이런 걸 덜 강조했던 것 같아요. 물론 공교육도 나름의 장점이 있지만요.

결론적으로, 우리가 느낀 공교육과 국제학교의 차이는 이런 거예요.

공교육　vs　국제학교

공교육	국제학교
학생은 고정 선생님이 이동	과목마다 교실 이동
시험 중심	과제·참여 중심
외워서 점수 받기	표현과 협업으로 성과
내신 위주의 입시	포트폴리오+에세이+활동

네 개의 심장,
하나의 이야기

P.S.

자주 바뀌는 환경, 우리에겐 어떤 영향을 줬을까요?

저희는 진짜 여러 환경을 겪었어요. 캐나다 갔다가 한국 왔다가, 공교육도 다녀보고, 국제학교도 두 번째 정착! 그러니까 한마디로 "이별과 적응"의 반복이었죠. 근데 그게 우리한테 어떤 영향을 줬는지… 지금 생각해보면 꽤 큰 것 같아요. 그저 어릴 때 여기저기 많이 옮겨 다녔다는 걸 넘어서, 그 경험들이 우리 각자한테 다른 방식으로 스며들었어요. 결과적으로는 좋은 영향을 훨씬 더 많이 받았다고 생각해요. 어릴 때부터 친구들과 자주 헤어졌고, 익숙했던 환경을 계속 떠나야 했거든요. 그 덕분에 관계의 소중함을 좀 더 빨리 알게 됐고, 또 새로운 환경에 적응하는 방법도 자연스럽게 익힌 것 같아요.

"이제는 어떤 상황이 와도 그렇게 무섭지 않아요. 어차피 인생 살면서 힘든 일은 꼭 있잖아요. 그걸 조금 더 일찍, 조금 더 자주 겪은 느낌이라서, 멘탈이 좀 더 단단해진 것 같아요."

우리 모두 늘 새로운 시작 앞에 서있었어요. 불안도 있었고, 긴장도 있었지만, 결국엔 하나씩 이겨냈고요. 그런 시간들이 모여서 지금의 우리를 만든 거라고 생각해요. 지금 생각해보면, 그때 국제학교를 선택한 건 되게 큰 전환점이었던 것 같아요. 그 당시엔 우리 모두 걱정도 많았고, 겁도 났고, 진심으로 불안했어요. 하지만 그 선택을 했기 때문에 우린 이런 환경에서도 버티는 방법을 배웠고, 자기를 표현하는 방법도 익혔고, 내가 뭘 좋아하는지 스스로 찾아보게 된 것 같아요.

무서웠지만, 지나고 나니까 그 모든 순간이 우리를 더 단단하게 만들어줬다고 지금은 자신 있게 말할 수 있어요.

네 개의 심장,
하나의 이야기

2.
쌍둥이끼리만 가능한
학교생활의 기술

국제학교 생활은 생각보다 바쁘고, 과제도 진짜 많아요. 거기다 영어로 수업하고 발표하고, 프로젝트까지 하려면 하루하루가 전쟁처럼 느껴질 때도 있거든요. 하지만 저희는 쌍둥이잖아요. 넷이 같은 학교에 다니니까, 혼자 싸우는 게 아니라 서로 도와가면서 버틸 수 있었어요. 물론, 비교되는 건 기본이었어요.

준헌 "거의 뭐 늘 비교되는 느낌은 있어요. 특히 채헌이는 진짜 성실하거든요. 솔직히 저희 중에 제일 꼼꼼하고 계획형이에요. 그래서 저희 다 채헌이한테 많이 의지했어요. 숙제 뭐 있는지도 자기가 다 체크해놓고 알려주고요. 특히 저랑 승헌이는 '어? 오늘 그거 내야 돼?' 이럴 때 채헌이가 '이거 오늘까지야' 이렇게 말해줘서 아슬아슬하게 제출한 적도 많아요."

지헌 "맞아요! 채헌이가 전체적인 리더 같다면, 저는 약간 중간 관리자(?) 같은 느낌이에요. 남자들 사이에서는 제가 그래도 좀 챙기는 편이니까, 형제들한테 '야 이거 빨리 해' 이런 말 자주 했어요. 비교는 때때로 부담도 됐어요. 솔직히 성적 잘 받는 형제들이 옆에 있으면 가끔 비교당할 때도 있어요. 막 그렇게 혼나진 않지만, 엄마가 '너

도 채헌이처럼 하면 안 될까?' 이런 말 하실 때가 있거든
요. 근데 뭐… 사실이긴 하니까요. 상처보단 자극이 됐던
것 같아요."

채헌 "제가 챙겨주긴 했지만, 오히려 제가 놓친 건 준
헌이나 지헌이나 승헌이가 알려줬어요. 수업이 다 같진
않아도, A데이 B데이로 돌아가다 보니까 제가 오늘 들은
수업을 다른 형제들이 내일 듣는 경우도 있었거든요. 예
를 들어 갑자기 팝 퀴즈에 이거 나왔다? 그러면 수업 끝
나고 '야, 내일 너네도 팝 퀴즈 나올 수도 있어' 이렇게 말
해줘요. 이건 진짜 쌍둥이만 가능한 특권 같아요."

승헌 "맞아요. 이런 게 진짜 쌍둥이라 가능한 거 같아
요. 친구들한테는 말 안 해줘도, 형제니까 다 공유하잖아
요. 시험 전날엔 거의 작전 회의 수준이에요. '이번 시험
은 이 단원이 중요해 보였어' 이런 식으로 서로 브리핑해
줘요. 물론 완전 정확하진 않지만, 진짜 도움 돼요. 가끔
"그거 불공평한 거 아니야?" 하는 친구들도 있었지만, 사
실 우리는 가족이니까요. 선생님들도 우리한테 '형제끼
리 도와주는 거 좋다' 이런 말씀 해주셨어요. 물론 문제를
직접 말해주는 건 안 되지만, 시험 범위나 포인트 알려주

는 건 괜찮다고 하셔서요. 엄마도 진짜 형제를 위한다면 공부하도록 실력을 쌓도록 해줘야 한다고 하셨어요. 우린 그런 식으로 서로 도와줬고, 덕분에 서로 힘을 주고받으며 조금씩 조금씩 배움의 성장도 실력도 키워나갔답니다."

네 개의 심장,
하나의 이야기

3.
네 명이니까 생기는
인연 필터링 시스템

형제끼리는 원래도 사이가 좋을 수도 있고, 아닐 수도 있잖아요. 저희는 사이가 좋고, 정보 공유도 지나치게 잘되는 (?) 편이에요. 뭔가 일이 하나만 터지면요, 무조건 다 공유해요. 억울한 일도, 짜증나는 일도, 감동받은 일도요. 혼자 생각해도 될 고민 같은 것도 자연스럽게 네 명이서 털어놓고 같이 풀어가요. 예전에 승헌이가 억울한 일을 당했을 때가 있었는데, 그 사건 하나로 우리 네 명 다 그 친구에 대한 인식이 확 바뀌었어요.

그냥 자연스럽게 "어? 이거 좀 이상한데?" 이런 분위기? 그 뒤로는 4명이서 그 친구를 좀 거리두기 시작합니다.

생각해보면, 한 명이 겪은 일인데 나머지 셋이 그 감정을 고스란히 공유하는 거예요. 네 명이 한 몸처럼 반응하는 거죠. 그래서 저희는 무의식적으로 '이 친구는 우리랑 좀 안 맞는다' '이 친구는 진짜 괜찮은 사람 같다' 이런 판단을 공동으로 하게 되는 순간이 자주 생겼어요.

재밌는 건, 그 판단 기준이 꼭 네 명이 모두 직접 겪은 게 아니라는 거예요. 누군가 하나가 먼저 "애 진짜 괜찮은 애야"라고 말하면, 그 말이 그냥 그대로 영향을 줘요. 한 명이 친해지면 셋도 자연스럽게 오픈마인드가 되고, 한 명이 불쾌했던 애는, 네 명 다 조심하게 돼요.

네 개의 심장,
하나의 이야기

어떻게 보면 좀… 인연 필터링 시스템 같아요. 기계처럼 계산한 건 아닌데, 정말 자연스럽게 그렇게 흘러가는 거예요.

그런 시스템 덕분에 네 명이 같은 사람한테 같은 감정을 느끼는 일이 많아요. 어떤 친구가 우리 중 한 명에게 못되게 굴었다? 그건 그 사람은 곧바로 4대 1로 대해야 해요. 물론 실제로 그렇게까지 간 일은 거의 없었고, 대부분은 그냥 살짝 거리를 둔다든가, “걔 좀 애매하지 않아?”이런 식의 선에서 정리됐어요.

이런 분위기 때문인지, 진짜 유치원 때부터 지금까지 저희를 대놓고 건드린 사람은 한 명도 없었어요. 아예 없었어요. 지금까지 저희는 한 번도 왕따나 따돌림 같은 걸 당해본 적이 없었어요. 그만큼 넷이라는 숫자가 컸던 것 같아요. 그게 누군가한테는 보이지 않는 압박(?)이었을 수도 있고, 또 누군가한텐 든든한 연대감처럼 느껴졌을 수도 있어요. 그런 걸 보면, 생각하게 돼요.

‘이게 쌍둥이의 진짜 힘 아닐까?’ 혼자서는 버거웠을 일들도 넷이 같이 있으니까 다르게 받아들이게 되고, 다르게 이겨낼 수 있었던 것 같아요.

4.
닮았지만 달라서 더 재밌는: 성장하는 우리

네 개의 심장,
하나의 이야기

쌍둥이라고 해도, 진짜 똑같을까요? 저희도 어릴 땐 그렇게 생각했어요. 정말 다 같이 농구하고, 게임도 같은 것만 하고, 어디 놀러 가도 똑같은 걸 좋아했고요. 그때는 누가 누구 취향인지 구분도 잘 안될 정도였어요. 그러다 지나면서, 정말 조금씩, 진짜 미세하게 갈라지기 시작했어요.

지헌 "어릴 땐 거의 똑같았어요. 근데 나이 들수록 좀 달라지더라고요. 예를 들어 승헌이는 원래 말도 많고 분위기 메이커 기질이 있었어요. 반대로 저는 좀 과묵한 편이고요."
그렇다고 누구 하나만 튀는 건 아니었어요. 그 다름이 묘하게 균형을 만들어줬던 것 같아요.

채헌 "저랑 지헌이는 이란성이고, 준헌이랑 승헌이는 일란성이잖아요. 그 차이가 진짜 있어요. 음식 취향만 봐도 그래요. 오리구이 먹으러 갔을 때도 저랑 지헌이는 양념파, 준헌이랑 승헌이는 기본파. 늘 그렇게 반반으로 갈려요. 그건 음식뿐만 아니었어요. 예전에 춤에 빠졌던 시기가 있었는데, 저랑 지헌이는 같이 춤췄고요. 준헌이랑 승헌이는 아예 관심 없었어요. 관심사가 쌓이면서 각자의 개성이 점점 더 뚜렷해지더라고요."

지헌 "그런 다름에서 경쟁심이 생기기도 했어요. 누가 뭔가에 빠지면 나도 괜히 따라가고 싶어져요. 뒤처지기 싫은 느낌이 있거든요. 그래서 같은 취미를 할 때 시너지 효과가 진짜 커요. 실제로 네 명이 같이 무언가를 시작하면, 서로서로 알려주고, 밀어주고, 더 잘하게 돼요. 예를 들어 헬스는 승헌이가 제일 먼저 시작했거든요. 그때 우리한테 자세도 알려주고, 프로그램도 짜줬어요."

승헌 "사실 이런 것도 다 개성이에요. 누군가는 리더처럼 먼저 시작하고, 누군가는 조용히 따라오면서도 실력은 제일 빨리 늘고요. 네 명이 같은 걸 하면서도 플레이 스타일이나 접근 방식은 다 달라요. 그 다름이 오히려 우리 사이를 더 단단하게 만들어주는 것 같아요.

부족한 건 서로 채워주고, 잘하는 건 서로 배우고. 같은 환경, 같은 시기, 같은 부모님 아래서 자랐는데도 이렇게 다를 수 있다는 게 신기하고, 그 다름 덕분에 우린 더 강해졌다고 느껴요. 우리는 네 명이지만, 한 명씩 완전히 다른 색깔을 가진, 그래서 더 재밌는 팀이에요."

네 개의 심장,
하나의 이야기

5.
피할 수 없는 경쟁 but…

저희는 네쌍둥이라서 같은 학교, 같은 학년, 같은 교실, 같은 시험, 뭐든지 모든 게 똑같은 상황에서 자랐어요. 그러다 보니까, 싫든 좋든 비교가 너무 자연스럽게 따라왔어요. 특히 공부 같은 건 정말 그랬어요. 어디서 누가 무슨 말을 하지 않아도, 시험 끝나고 점수가 나오는 순간 '누가 더 잘 봤다'는 게 그냥 공개가 되는 분위기랄까요. 그게 은근히 자존심을 건드릴 때가 있어요.

채헌이의 경우, "시험 보고 점수 나왔는데 저보다 공부 안 한 것 같은 승헌이가 저보다 점수를 잘 받으면 진짜 괜히 억울해요. '나도 나름 열심히 했는데 왜?' 이런 생각 들고요. 좀 자존심도 상하고… 근데 또 그게 자극이 돼서 '아, 다음엔 진짜 열심히 해보자' 이런 동기부여로 이어지기도 했어요." 물론 모두가 그런 식으로 느끼는 건 아니었어요.

지헌이는 좀 다르게 받아들였더요. "저는 원래 성격 자체가 경쟁심이 없는 편이에요. 양보도 많이 하고, 그냥 '얘가 잘하면 잘하는 거지' 이런 타입이라서요. 경쟁보다는 조용히 제 할 일 하는 스타일이에요. 누가 잘하거나 말거나 별로 신경 안 썼어요."

네 개의 심장,
하나의 이야기

준헌이도 비슷했어요. 뭔가를 '이겨야겠다'는 마음보다는 그냥 자연스럽게 따라가는 편이었대요. "저도 뭐 딱히 경쟁심 이런 건 없었던 것 같아요. 농구든 헬스든, 누가 잘하면 '오, 열심히 하네'하고 그냥 나도 같이 하게 되는 스타일이에요. '쟤보다 잘해야지!'이런 생각은 별로 없었어요."

승헌이는 이렇게 정리해요. "공부나 운동이나 뭐든지, 우리 넷은 기본적으로 같이 가는 느낌이 강해요. 누굴 이기려고 하기보다는 '어? 애 열심히 하네, 나도 해볼까?'이런 식으로 자극받는 거죠. 서로서로 자극을 주긴 하지만, 그게 막 날카로운 경쟁은 아니었어요."

이런 걸 보면 같은 환경에서 자랐다고 해서 반응도 같을 거라 생각하는 건 오해일 수도 있어요. 저희는 같은 시험지 앞에 앉아 있었지만, 그걸 받아들이는 마음은 각자 완전히 달랐거든요. 어떤 날은 자극이 되고, 어떤 날은 무덤덤하게 지나가고, 어떤 날은 조용히 속상하기도 했지만, 결국엔 그 다름 덕분에 우리 각자가 더 단단해졌던 것 같아요.

같은 시험지, 같은 시간, 같은 공간. 겉으로 보면 똑같은 출발선인데, 그걸 바라보는 우리의 마음은 전부 달랐어요. 누군가는 자극을 받고, 누군가는 그냥 넘기고, 누군가는 혼자 조용히 씩씩거렸을 수도 있어요. 하지만 그 안에서 우리는 비교보다 동기부여를, 경쟁보다 동행을 택하는 방법을 조금씩 배워갔던 것 같아요. 그리고 아마, 그렇게 배운 덕분에 지금도 함께 가고 있는 중인 것 같아요.

네 개의 심장,
하나의 이야기

6.
우리의 프라이버시는?

저희 넷은 태어날 때부터 지금까지 늘 함께였어요. 같은 집, 같은 나이, 같은 시간 안에서 살다 보니까, 솔직히 프라이버시라는 개념이 좀 희미해요. 요즘은 각자 관심사도 많이 달라졌지만, 기본적으로 뭐든지 공유를 많이 해요. 감정도 그렇고, 관심사도 그렇고, 하루 동안 있었던 일도 자연스럽게 다 말하거든요. 그래서 혼자만의 시간을 갖고 싶을 땐 진짜 마음먹고 만들어야 해요. 혼자만의 뭔가를 하려면, 그게 사소한 취미든, 감정 표현이든 약간 눈치와 용기가 필요한 일이 되기도 해요.

채헌이의 이야기

"저는 댄스 동아리 활동을 했었어요. (댄스 동아리는 지금도 계속 하고 있어요! 제가 정말 좋아하거든요.) 그래서 집에서 춤 연습을 해야 될 때가 있었는데, 이사 오기 전에는 제 방에 전신 거울이 없었거든요. 그때 거울이 유일하게 거실에 있었어요. 거실은 준헌이, 승헌이, 지헌이 셋 다 소파에 앉아있거나 게임하거나 얘기하고 있는 공간이었고요. 그런데 그 앞에서 혼자 춤추는 건 너무 부끄러운 거예요. 아무도 뭐라고 하지 않아도, 왠지 모르게 뭔가 쑥스럽고 오글거리는 기분이 들었어요. 눈에 안 띄게 하고 싶었는데, 그 공간은 너무 오픈된 무대 같다랄까…. 그래서 결국 거울 없는 제 방에서 연습하

곤 했어요. 그땐 동작도 잘 안 보이고, 정확한 자세 체크도 못
해서 좀 아쉬웠죠. 나중에 드디어 전신 거울 생기고 나서야
마음 편하게 연습할 수 있었어요. 혼자만의 공간이 작은 자
유를 준 거예요."

지헌이의 이야기

저는 지금은 괜찮은데, 초중학교 때는 기도나 찬양 같은
거에 진지하게 참여하는 게 좀 부끄러웠어요. 수련회 같은
데 가면 다들 눈 감고 기도하고, 손들고 찬양하는 분위기 있
잖아요? 그때 저는 형제들 눈치를 좀 봤던 것 같아요. 뒤에
서 보고 있으면 혼자 엄청 몰입하는 게 괜히 오글거리고 민
망하게 느껴졌어요. 사실은 하고 싶은데, 그 분위기 속에서
티 안 나게 조용히 참여했죠. 속으론 열심히 했는데 겉으로
는 그냥 조용히 서 있는 애처럼 보였을 수도 있어요.

지금은 그런 거 전혀 신경 안 써요. 오히려 이제는 다 같이
열심히 하고, 누가 뭐라고 할 사람도 없다는 걸 알게 됐어요.
이런 식으로, 하고 싶은 게 있는데 눈치 보여서 못 하거나 덜
하게 되는 순간들이 살면서 몇 번 있었던 것 같아요. 우리가
아무리 친해도, 형제들 앞에서 내 안에 있는 진짜 감정이나
취향을 드러내는 건 조금 부끄럽고, 어색하고, 조심스러울
때가 있는 것 같아요.

P.S.

가장 가까운 사람 앞에서 가장 나다운 걸 보여주는 게 가끔은 더 어려울 때가 있어요. 우리는 늘 함께였고, 그만큼 더 솔직한 줄 알았는데, 어쩌면 그래서 더 민감해지는 순간들도 있었던 것 같아요.

눈치와 개성 사이, 그 어딘가에서 조금씩 용기 내며 나를 표현해 가는 중이에요.

네 개의 심장,
하나의 이야기

7.
친구 이야기:
"쌍둥이도 절친이 있나요?"

"쌍둥이도 절친이 있나요?"

채헌 저는 일단 형제들도 너무 친구 같고, 그래서 심심할 틈은 별로 없어요. 그래도 아무래도 저 혼자 여자고 나머지 셋은 다 남자잖아요. 그러다 보니까 친구가 아예 필요 없지는 않더라고요. 그래서 학교에서는 두루두루 친한 친구들이 있는데, 그중에서 제일 친한 친구가 한 명 있어요. 이름은 굳이 밝히진 않을게요, 하하. 어떻게 친해졌냐면, 사실 저도 잘 모르겠어요. 처음 만났을 때는 오히려 "아, 이 친구랑은 졸업할 때까지 절대 못 친해지겠다." 싶었던 애였거든요. 제가 처음 전학 간 날 같은 테이블에 앉았는데, 저도 낯가리고 그 친구도 소심해서 서로 말도 안 했어요. 그래서 속으로는 '절대 친해지지 못 하겠다' 했는데, 어느 순간 보니까 너무 친해져 있는 거예요.

제가 생각했을 땐 관심사가 많이 겹쳐서 그런 것 같아요. 특히 농구로 가까워졌거든요. 제가 8학년 때 전학을 갔는데,

그때부터 여자 농구팀에 들어갔었어요. 근데 그 친구도 몇 안 되는 농구하는 여자 중 한 명이었던 거죠. 그러다 보니까 같이 훈련하고 시합 뛰면서 자연스럽게 매년 농구부 생활을 같이하게 됐어요. 그리고 음식 취향도 비슷하고, 개그 코드도 잘 맞고, 그냥 말이 잘 통해서 더 빨리 친해졌던 것 같아요. 운동으로 친해지는 게 진짜 빨라요. 남자애들도 운동 한 번 같이 하면 금방 친해지듯이, 여자애들도 그런 게 있는 것 같아요. 같은 팀에서 뛰면서 이기고 지는 걸 계속 반복하다 보면, 뭔가 서로한테 의지하고 같이 팀을 이끌어가는 과정에서 특별한 우정이 생기는 거죠.

그래서 지금도 그 친구가 제일 친한 친구 중 한 명이에요. 물론 다른 친구들도 다 친해요! 춤추는 친구들도 엄청 친한데, 춤도 어떻게 보면 일종의 스포츠잖아요. 같이 무대 준비하고 공연 준비하면서 힘든 과정도 겪고, 또 그걸 같이 극복하다 보면 자연스럽게 가까워져요. 결국 저한테 제일 친해지는 친구들은, 같이 뭔가 어려움을 버티고 극복했던 친구들인 것 같아요.

승헌 저는 사실 친구들이랑은 되게 잘 지내는 편이에요. 제가 또 적응력도 좋고 체력도 좋아서 친구도 많고요. 근데 딱 '절친!'이라고 부를 수 있는 친구는 없는 것 같아요. 왜냐면 저는 주로 다 같이 어울리는 걸 좋아하거든요. 채헌이처럼 단둘이 어딜 간다거나, 물론 그런 적도 있긴 한데, 특정 친구 한 명하고만 계속 다니진 않거든요. 저는 그냥 농구 같이 하는 애들이랑도 친하고, 농구 안 하는 애들이랑도 친하고, 여러 친구랑 두루두루 잘 지내는 걸 선호하는 편이에요. 그래서 절친이라는 개념은 저한테는 좀 약한 것 같아요.

“네 명이라 절친이 필요 없는 거 아니냐” 묻는다면, 솔직히 맞는 말 같아요. 저는 한 번도 ‘말 못할 고민을 털어놔야겠다’거나 ‘외롭다’ 이런 걸 느껴본 적이 없거든요. 사실 절친이 필요한 순간이 그런 경우잖아요. 근데 저는 집에 가면 항상 형제들이 있으니까 그걸 느낄 틈이 없었어요. 제 친구 중에 뭐만 하면 “나 외롭다, 얘기 좀 하자, 같이 어디 가자” 이러는 애가 있는데, 그 친구는 외동이에요. 그거 보면서 ‘아, 나도 형제가 없었으면 절친이 필요하다고 느꼈겠다’ 싶었어요. 근데 저는 늘 같이 얘기할 사람도 있고, 같이 놀 사람도 있으니까 자연스럽게 절친의 필요성을 못 느낀 거죠. 그래서 제 결론은요, 제 절친은 그냥 저희 세 명이에요.

준헌 친한 친구가 있죠. 많은 친구 중에 굳이 한 명을 말하자면, 제가 미국 갔을 때 1년 동안 기숙사에서 같이 지내면서 엄청 친해진 친구가 있어요. 지금도 아주 좋은 관계를 유지하고 있고요. 미국에서 같이 지냈던 한국인 친구라 더 가까웠고, 또 저희를 따라서 한국으로 왔기에 더 친하게 지낼 수 있었어요. 농구부도 같이 하다 보니까 더 자연스럽게 가까워졌고요.

쌍둥이 형제들이랑은 솔직히 매일매일 같이 있으니까 당연히 편해요. 어디서든 함께할 수 있고, 그래서 형제들이 친구 같은 건 맞죠. 근데 그렇다고 해서 다른 친구가 필요 없는 건 아니에요. 왜냐면 고민이 있어도 형제들한테는 굳이 말하고 싶지 않을 때도 있거든요. 너무 매일 붙어 있다 보니까 밝히기 싫은 것도 있고, 이미 서로 너무 많이 아는 사이라서요. 그래서 저는 형제들이 있어도, 따로 깊은 친구 한 명쯤 있는 건 좋은 것 같아요. 외동처럼 집 와서 외롭다거나 그런 건 없지만, 그래도 친구가 더 있으면 좋잖아요. 저는 그렇게 생각합니다. 결론은요, 형제는 형제고 친구는 친구다. 둘 다 필요해요.

(여기서 승헌이의 한마디: "절친의 기준이 뭔데? 그렇게 따지면 나도 절친 많거든? 나는 두루두루 친구가 많아서 한 명을 고를 수가 없었단 말이야!!")

지헌 아무래도 네쌍둥이다 보니까 채헌이 친구가 제 친구였고, 또 남자애들도 세 명이랑 같이 다니다 보니까 친구들이 다 겹쳤어요. 그래서 사실 따로따로라기보단 다 두루 두루 친한 느낌이에요. 저는 혼자보다는 늘 준헌이랑 승헌 이랑 같이 다녔거든요. 그래서 친구들이랑 놀 때도 거의 단 둘이 논 적은 없고, 늘 셋이서 같이 어울렸던 것 같아요. 한번 준헌이랑 승헌이가 미국에 교환학생으로 갔을 때가 있었는 데, 그때 남자 형제 중에 제가 혼자 남았잖아요. 그때 어떤 새 로운 애가 전학을 왔는데, 걔랑 처음으로 단둘이 농구도 하 고 그런 적이 있었어요. 그래도 아직까지는 채헌이처럼 "가 장 친한 친구는 딱 이 사람이다"이런 건 없는 것 같아요. 그 냥 여럿이 친하고, 제 친구라기보다 우리 셋의 친구라는 느 낌이 더 커요. 그리고 저는 어렸을 때부터 친구랑 단둘이 노 는 게 거의 없었어요. 그래서 남자랑 단둘이 있으면 약간 어 색하고, 오글거릴 것 같기도 해요. 그래서 저만의 베스트 프 렌드보다는, 그냥 다 같이 친하다~이게 제 스타일이에요.

쌍둥이 형제들이 친구라서 굳이 더 깊은 친구가 없어도 괜찮냐고 물어본다면, 저는 "네"라고 할 것 같아요. 친구가 있으면 당연히 더 좋죠. 근데 없어도 충분히 잘 살 수 있을 것 같아요. 왜냐하면 저희 넷이서 서로 의지하면서 살아가 니까요. 그래도 가끔은 이런 고민을 해요. 만약 우리가 따로 따로 생활하게 되면, 지금까지는 늘 셋이서 함께 나누던 친구들이 갑자기 제 '혼자만의 친구'가 되어버릴 거잖아요. 당장 내년부터 각자 대학으로 흩어지게 되면, 과연 제가 잘 견딜 수 있을까? 어떻게 헤쳐 나갈 수 있을까? 이런 생각이 들기도 해요. 하지만 우리의 텔레파시는 늘 연결되어 있으니까, 괜찮습니다.

보호막일까, 타고난 성격일까?

"다른 애들은 왕따를 당했다, 왕따를 했다, 이런 고민이 많잖아요. 그런데 저희는 한 번도 그런 적이 없거든요. 왕따를 당해본 적도 없지만 누굴 왕따 시킨 적도 없어요. 사실 아무도 저희를 못 건드리긴 해요. 그렇다고 저희가 만약 네쌍둥이가 아니었다면 어땠을까, 달랐을까요?"

승헌 "야, 근데 우리 진짜 왕따 이런 건 없었던 것 같지 않아? 나는 혼자 태어났어도 겉돌진 않았을 것 같아. 농구도 잘하고 말도 잘 통하고… 솔직히 쌍둥이 덕분에 보호받은 건 있긴 하지만, 혼자여도 크게 문제는 없었을 듯?"

준헌 "나도 그래. 근데 솔직히 네쌍둥이라서 더 바른 길로 갈 수 있었던 건 맞아. 내가 조금이라도 삐끗하면, 너희 셋이 바로 뭐라 하잖아. 그거 덕분에 큰 사고는 안치고 사는 거지." 생각해 보면, 네쌍둥이라는 건 학교에서는 보호막 같았어요. 친구들이 우리를 쉽게 건드리지도 못했고, 또 누군가와 어울리기가 훨씬 수월했거든요. 주목을 받으니까, 친구 사귀는 것도 쉽게 풀렸죠. 그렇다고 친구들이 느끼는 소외감이나 갈등을 아예 경험을 안 했다고는 할 수 없어요. 사실 저희 네 명 안에서 그런 것들을 조금씩 경험하고 배워갔다고 할까요? 어렸을 때 이미 3:1로 싸워도 봤고 이 안에서 사회성을 터득했던 것 같아요. 누군가를 배려한다든지 눈치라든지 공감력 등도 쌍둥이형제들 틈에서 배웠죠. 타고난 성격 영향은 없었냐고요? 물론 그것도 있죠. 저희가 성격들이 다 좋은 편이라서요!

P.S. **서로의 친구관을 보며 느낀 점**

1. '절친'의 정의가 다 달라요.
누군가는 한 명을 깊게 파고(채헌·준헌), **누군가는 넓게 얕지 않게 연결돼 있고**(승헌), **또 누군가는 '우리 셋이 곧 친구'라는 안전지대에서 편안해요**(지헌). **결론은 절친은 '숫자'가 아니라 '필요'와 '성격'의 문제예요.**

2. 스포츠는 제일 빠른 언어예요.

농구·춤 같이 몸으로 맞추는 활동은 말보다 빨리 마음을 붙여줘요. 같이 이기고 지는 경험은 단톡 백 개보다 팀 한 시즌이 더 가까워지게 하더라고요.

3. 형제는 기본 요금제, 친구는 추가 데이터.

집에 돌아오면 기본적으로 대화, 공간, 놀이가 깔려있어요. 그래서 "완전한 외로움"은 잘 안 와 닿아요. 근데 기본 요금제만 쓰면 세상이 좁아져요. 추가 데이터(바깥 친구)가 있어야 시야가 확 넓어져요. 앞으로 확장될 데이터가 기대됩니다!

4. 성별 변수, 은근히 커요.

셋 남자+한 여자 조합이라 채헌이는 '운동/공연'이라는 공통 관심사를 캐리어처럼 끌고 다니며 다리를 놓았어요. 그 과정에서 '여자끼리의 절친' 필요도 보이는 거 같아요.

5. 경계 긋기라는 숙제.

"우리 셋의 친구" vs "나의 친구" 경계가 가끔 헷갈려요. 지헌이처럼 1:1이 어색할 수 있고, 준헌이처럼 형제에게 말 안 하고 싶은 고민도 있어요. 이 부분은 점점 자연스럽게 배우게 되겠죠!

6. 분리의 예고 연습.

모두 대학을 가고 각자의 관심을 찾아 떠나는 물리적으로 흩어지는 순간이 올 거예요. 그때 관계를 지키려면: ①각자 친구를 '허락'하기, ②정기적으로 챙겨 묻기(근황·감정), ③공동의 리추얼(전화/게임/운동 챌린지) 만들기. 형제라는 이유만으로 자동 유지되진 않더라고요. 이 부분은 걱정되면서도 기대돼요. 우리 잘 할 수 있겠죠?

7. 감사 회로가 켜졌어요.

외동 친구의 "외롭다"를 들을 때마다, 우리에겐 기본으로 깔린 울타리가 있다는 걸 깨달아요. 그래서 더 겸손해지고, 바깥 친구에게도 그 안정감을 나눠주는 사람이 되고 싶어요.

"형제는 우리를 안전하게 묶어주고, 친구는 우리를 멀리까지 끌고 가줘요. 둘 다 있어서 다행이고, 그래서 우리는 더 자라요."

네 개의 심장,
하나의 이야기

5부. 또 다른 모험 : 미국유학과 선교여행

Ⅰ
미국으로의 교환학생:
준헌과 승헌 이야기

10학년 때(고1) 준헌이와 승헌이 둘이서 미국 고등학교로 1년간 교환학생으로 가게 되었어요! 가족들은 한국에 있고 둘이서만 미국으로 떠나게 됩니다. 쌍둥이들이 처음으로 둘로 나뉘는 시간이기도 했어요. 준헌이와 승헌이의 이야기를 들어볼까요?

1. 그리운 엄마 밥

준헌 "처음 미국에 갔을 땐, 솔직히 진짜 좋았어요. 왜냐하면 그때까지는 계속 가족이랑 붙어 살았잖아요. 엄마 잔소리도 꽤 들었고, 방 정리나 숙제 같은 거 안 하면 바로 간섭 들어오고요. 근데 이제 혼자 살게 되니까, 방도 내 맘대로 쓰고, 아무도 간섭 안 하는 그 자유가 너무 기대됐어요. 전 원래부터 독립을 빨리 하고 싶었던 사람이라, 혼자 방 쓰는 것만으로도 신났어요"

승헌 전 사실 처음엔 미국 가기 싫었어요. 근데 또 막상 가니까 실감도 잘 안 났고요. 아직도 한국에 있는 것 같은 느낌이었어요. 뭔가 준비가 덜 된 상태르 갑자기 툭 던져진 기분? 진짜 낯설었고, 1년이나 이곳에서 혼자 살아야 한다'는 게 너무 막막했어요. 그나마 준헌이랑 같이 있어서 다행이었지, 진짜 혼자였으면 진심 힘들었을 것 같아요. 기숙사 친구들이랑은 좀 친해지긴 했는데요, 밥이 너무 부실했어요. 저 원래도 좀 많이 먹는 편인데, 거기 밥은 진짜 별로였어요. 계속 같은 음식만 반복돼서 질리기도 했고요. 거의 배달음식 비슷하게 나오긴 했는데, 그나마 나중엔 가끔 한식도 나오긴 했어요.

근데 그래도 맛은 여전히 별로였어요. 여자애들도 있었는데, 걔네는 한 달도 안 돼서 밥 포기하고 그냥 다 버리더라고요. "이건 못 먹겠다"는 반응이었어요.

거기가 또 완전 시골이었어요. 걸어서 어디 가는 건 불가능이었고, 뭘 하든 다 같이 움직여야 했어요. 2주에 한 번 정도 주말 외출이 있었는데, 그때 한인마트 가서 라면 같은 거 사오곤 했죠. 대부분이 그거 끓여 먹었어요.

저랑 준헌이는 3개월 정도는 그냥 주는 밥 먹으면서 버텼어요. 용돈도 한정돼 있었고, 유학비 생각해서 그냥 참고 먹었죠. 근데 나중엔 진짜 너무 질려서, 약 먹는 것처럼 꾸역꾸역 먹었어요. 살도 빠지고요.

요리라도 해먹고 싶었는데 프라이팬도 없고, 식재료도 부족했어요. 그나마 에어프라이어 하나 있었는데, 그것만으론

할 수 있는 게 진짜 한정적이었어요. 저 요리 좀 할 줄 알거든요? 자신 있었는데, 환경이 안 따라주니까 뭐 할 수가 없더라고요. 그래서 친구들이 감자칩 같은 거 사서 숨겨놓고 먹기도 했어요. 눈치게임이었죠. 빨리 안 먹으면 없어져요. 다들 밥을 안 먹으니까 그런 간식에 더 집착하게 되는 거예요. 근데 그것도 계속 먹다 보니까 얼굴에 뭐가 나더라고요.

네 개의 심장,
하나의 이야기

빨래는 저희가 다 했어요. 근데 솔직히 말해서 저는 그냥 다 한꺼번에 돌렸어요. 급하면 뭐 구분이고 뭐고 없이 수건, 속옷, 겉옷 다 같이 넣고 빨았어요. 한 번은 일정표 잘못 짜서 학교 가야 되는데 입을 옷이 안 말라있던 적도 있어요. 진짜 당황했죠. 그때 준헌이한테 옷이랑 팬티도 빌려 입었어요. 진짜 고마웠어요.

그제야 진짜 느꼈어요. 엄마가 해주던 빨래, 당연하게 생각했던 밥 한 끼… 그 모든 게 다 감사한 거였구나. 그리고요, 저희 빨래로는 안 싸울 줄 알았거든요? 근데 또 싸웠어요, 하하. 수건 섞였다, 내 거다 네 거다… 별것도 아닌 걸로요. 아무튼 그렇게 살았어요. 적응하기 쉽진 않았지만, 그래도 그 시간들이 있었기 때문에 지금은 이해와 배려의 폭이 넓어진 듯합니다.

2. 농구 하나 믿고 버틴 시간

저희가 그 상황에서 버틸 수 있었던 이유는 딱 하나였어요. 농구 때문이었어요. 농구를 진짜 진짜 좋아했거든요. 기숙사 바로 몇 초 앞에 체육관이 있었는데, 거의 매일같이 거기 가서 농구를 했어요. 그게 저희의 낙이었고, 일상이었고, 버팀목이었어요. 농구 시즌만 기다리면서 하루하루를 버텼던 것 같아요. 엄마 없이, 매일 똑같은 밥만 나오고, 솔직히 교육의 질도 그렇게 좋은 편은 아니었어요. 근데 그래도 친구들은 좀 사귀었어요. 특히 흑인 친구들이랑 되게 잘 지냈는데, 저희가 농구를 꽤 잘했거든요.

그래서 자연스럽게 농구하면서 친해졌고, 그 친구들이 좋았어요. 근데 아무리 친구랑 잘 지내도, 엄마가 없는 건 확실히 달라요. 외지에서 같은 밥 계속 먹고, 문화도 다르고, 그런 상황들이 서서히 지치게 만들더라고요.

네 개의 심장,
하나의 이야기

그래도 희망은 있었어요. 바로 농구 시즌. 저희가 꽤 잘하는 편이라서, 저희 둘 다 트라이아웃(tryout)에서 애들을 다 이겨버렸어요. (트라이아웃은 스포츠 팀이나 공연 단체 등에서 신입 멤버를 뽑기 위해 열리는 테스트를 말해요. 실력테스트, 오디션 같은 거예요) 그래서 애들 사이에서는 "쟤네는 무조건 주전이다!"이런 말이 막 돌았고, 저희도 당연히 그렇게 될 줄 알았어요.

그런데 갑자기 변수가 생긴 거예요. 바로 교장 선생님 아들. 그 교장 선생님은 나중에 횡령으로 걸린 분이었는데, 그분 아들이 농구를 엄청 좋아했거든요. 근데 잘하진 않았어요. 저희한테 계속 졌어요. 그러더니 농구 시즌 딱 일주일 전에, 갑자기 이상하게 굴기 시작했어요. 저희가 평소처럼 지각도 좀 하고, 빨래도 늦게 돌린 적 있었는데, 그걸로 꼬투리를 잡은 거예요.

"너희는 농구하러 여기에 온 게 아니라, 공부하러 온 거다. 이게 너희가 해야 할 본분이다."이런 식으로 막 혼내셨고요.

"너희가 공부보다 농구에만 빠져 있다고 엄마한테 말하면 어떨 것 같냐?"라고도 하셨어요. 저희는 당연히 "제발 그렇게 말하지 말아주세요"했고요. 지금 생각하면 좀 협박 같았어요.

결국 조건은 이거였어요. 엄마한테는 말 안 하는 대신, 우리한테 일주일 동안 농구 금지. 근데 그 일주일 뒤가 바로 농구부 입단 테스트였거든요. 농구는 감이 진짜 중요해서, 일주일만 쉬어도 손이 굳어요. 그걸 알면서 일부러 그랬던 것 같기도 하고….

아무튼 저희는 그 상황에서도 최선을 다해서 테스트 봤고, 다행히 뽑혔어요. 그 뒤로 연습 때마다 저희를 불러서 주전 느낌으로 썼어요. 작전 설명할 때도 항상 저희를 콕 집어서 부르셨고요. 그 교장 아들은 그냥 옆에서 지켜보기만 했고요.

진짜 문제가 그 다음에 생겼어요. 저희가 또 지각을 한 거예요. 저는 과학 시험 때문에 미술 수업에 15분 늦었고, 준헌이는 빨래를 좀 늦게 했는데, 그걸로 농구 연습 못 나오게 하신 거예요. 너무 어이없었어요. 진짜 성적은 저희가 제일 잘 나왔거든요. 한국보다 쉬워서 시험도 거의 다 만점 맞고 그랬어요. 근데 교장 선생님이 코치한테 "쟤네가 학교생활을 불성실하게 한다"고 말한 거예요.

그 일로 진짜 꿈꿨던 농구 시즌 내내, 경기 40분 중에 3~4분밖에 못 뛰었어요. 딱 한 번, 주전이 아파서 제가 대신 나갔을 때가 있었는데, 그때 잘했어요. 19득점이나 했고요.

그날만큼은 "아, 나 잘할 수 있구나" 싶었는데… 다시 또 후보 자리로 밀려났어요. 진짜 힘들었어요. 농구 하나만 바라보고 있었는데, 그게 무너지는 순간 너무 허무했고, 솔직히 처음으로 눈물이 날 뻔했어요. 엄마 없이, 형제들 없이, 저희 둘이서 그걸 다 감당하기엔 너무 벅찼어요. 사감 선생님 중에 목사님도 계셨는데, 그분도 "그건 아니었다"라고 하셨어요. 결국 교장 선생님은 나중에 횡령 문제로 물러나셨고요. 뭔가 벌을 받으신 것 같았어요.

겨울방학 때는 모두가 학교 기숙사에서 나와야 했는데, 그때 엄마가 직접 오셨어요. 정말 다 같이 울었어요. 엄마는 우리에게 아무것도 해줄 수 없는 현실이 너무 슬프셨고, 저희도 너무 힘들었거든요. 엄마는 울면서, 아무도 없는 기숙사 전체를 몇 시간 동안 청소하셨어요. 구석구석 묵은 때를 벗기시며…. 아마도 그 시간 내내 기도하셨겠죠.

그냥 그 순간이 아직도 잊히지가 않아요. 그때는 진짜 한국 가는 날만 기다렸던 것 같아요. 그리고 솔직히 말하면, 그 1년을 버틸 수 있었던 건, 진짜 혼자가 아니라 둘이라서 가능했어요. 혼자 거기서 있었다면 절대 못 버텼을 거예요.

3. 가족의 소중함:
"믿을 수 있는 건 형제뿐!"

　　기숙사 안에서의 인간관계도 쉽지는 않았어요. 한 명이 이간질을 심하게 했고, 남녀 사이도 분위기 안 좋고, 힘든 상황이 많았어요. 나중에는 결국 다 잘 풀리긴 했지만, 그때는 진짜 준헌이만 제(승헌)가 완전히 믿을 수 있었어요. 준헌이는 형제니까요. 형제라는 말 말고는 설명이 안 되는 그런 믿음이었어요.

　　저(준헌)도요. 솔직히 그때 제 속마음, 진짜 깊은 이야기까지 다 말할 수 있었던 사람은 승헌이밖에 없었어요. 같이 있

네 개의 심장,
하나의 이야기

던 친구들한테도 다 말 못 했던 얘기들, 그냥 승헌이한테는 아무 생각 없이 털어놨던 것 같아요. 같은 상황에서 비슷하게 겪고 있는 게 많았으니까, 서로 말하지 않아도 다 아는 느낌? 그게 너무 컸어요.

그리고 채헌이랑 지헌이도 진짜 생각보다 많이 그리웠어요. 네 명이 늘 같이 있다가 둘만 떨어져 있으니까, 그 빈자리가 확 느껴졌거든요. 또 그만큼 저희 둘은, 그 1년 동안 뭔가 더 서로를 깊이 알게 됐어요. 맨날 옛날엔 싸우기 바빴는데, 그때는 진짜 딱 두 번밖에 안 싸웠어요. 딱 1년 동안 두 번이요. 진짜 많이 변한 거죠. 외로워도, 힘들어도, 둘이니까 버틸 수 있었던 것 같아요. 서로 의지하고, 서로 챙기고, 그때 진짜 느꼈어요. 형제라는 게 단순히 같이 태어난 게 아니라 같이 버텨주는 거라는 걸요.

채헌 제가 보기엔요, 준헌이랑 승헌이가 미국에서 돌아온 시점부터 저희 넷이 좀 더 친해졌던 것 같아요. 뭔가 관계가 더 단단해졌다랄까. 나이도 좀 들고, 철도 들어서 그런 것 같고요.

제가 앞에서도 말했던 거 같은데 그 둘이 미국에 가 있을 땐 진짜 집이 너무 허전했어요. 원래는 4명이 항상 같이 있었으니까 그 시끌벅적하고 정신없던 분위기가 당연했거든요. 그러다 갑자기 저랑 지헌이만 남아 있으니까 그 조용한 느낌이 되게 이상했어요. 생기가 확 사라진 것처럼요.

게다가 저랑 지헌이는 둘 다 엄청 살가운 스타일이 아니에요. 부모님한테 막 애교 부리는 타입도 아니고요. 그래서 집이 진짜 조용했어요. 너무 조용해서 좀 이상할 정도로요. "엄마는 좋아하지 않았어요? 안 싸우니까?" 물을지도 모르는데 음, 그게 또 아니에요. 저희 둘밖에 없으니까 혼나는 것도 2배 느낌이에요.

예전엔 4명이 같이 혼나면 각자 한 25%씩만 혼나면 됐는데, 이제는 저희 둘이 50%씩 혼나는 느낌? 혼나는 것도 분산 효과가 있었던 거죠. 물론 장점도 있었어요. 일단 집이 진짜 깨끗해졌어요. 솔직히 그건 좀 좋았어요. 깔끔해서요.

제일 감동이었던 건, 준헌이랑 승헌이가 미국에서 돌아올 때 선물을 잔뜩 사온 거예요! 사실 저는 아무 기대도 안 했거든요. 그냥 뭐 있을까 했는데, 승헌이가 갑자기 바지 하나 샀다고 사진을 보내는 거예요. 제가 좋아할 만한 스타일로요. 그거 보고 진짜 놀랐어요. 감동이었죠. 그리고 집에 도착하자마자 캐리어를 열더니, 미국 간식이랑 젤리, 유명한 소스 같은 거 주르륵 꺼내서 나눠주는 거예요. "이건 너, 이건 너"하면서요. 그때 진짜, 그런 거 보면 정이 많아요. 말은 안

해도, 다 마음으로 챙겨주는 사람들이에요.

4. 멀리 있었던 시간, 서로의 시선들

준헌이 말로는요,

"떨어져 지낸 건… 뭐랄까, 외로움도 있었지만 자유로움도 있었어요. 그때 진짜 독립한 어른이 된 것 같은 기분이었거든요. 아침에 뭐 먹을지도 내가 정하고, 언제 빨래할지도 내가 정하고. 누가 뭐라고 안 하니까, 그게 처음엔 되게 좋았어요. 혼자서 버스 타고, 직접 마트 가서 필요한 물건 고르고, 기숙사에서 친구들이랑 생활하면서 생긴 리듬들. 어쩌면 어른이 되는 훈련이 그때 시작된 거였는지도 몰라요."

근데 채헌이는 그게 좀 부러웠대요.

"그때 솔직히 좀 부럽기도 했어요. 엄마가 미국에 있는 준헌이랑 승헌이랑 따로 단톡방도 만들고, 그 방에서 둘이랑만 소통하니까, 약간 떨어져 있는 애들이 더 특별해 보이는 느낌이 있었거든요." 그중에서도 제일 부러웠던 건, 용돈!

"엄마가 매달 용돈을 미국 계좌로 넣어줬는데, 그게… 그냥 좋아 보였어요. 나도 외국에 있으면 그런 거 받을 수 있나? 막 상상도 했고요."

근데 준헌이 말로는, 그게 그렇게 부러워할 게 아니라네요.

"용돈요? 그거 별거 아니에요. 아니, 말이 용돈이지… 거의 '생존비'였어요. 한국에서처럼 밥 나오는 것도 아니고, 빨래도 우리가 해야 하고, 세제도 사고, 기숙사에 없는 물건들 다 사야 됐어요. 식기도 없어서 처음엔 맨손으로 라면 먹을 뻔했어요." 미국 생활에선 돈이 마치 휘발되듯 빠져나갔어요. 조그만 거 하나 사도 100달러가 훅 나가고, 한국 돈으로는 13만 원 정도니까 진짜 큰돈이었죠.

"같이 있던 친구들은 막 4천 달러 쓰고 그랬어요. 저희는 그냥 꼭 필요한 것만 사느라 늘 빠듯했어요. 그게 무슨 여유고, 무슨 호사예요. 오히려 채헌이랑 지헌이가 집에서 따뜻하게 밥 먹고 필요한 거 다 챙겨주는 게 부러울 때도 있었어요."

"우린 그렇게 서로 떨어져 있었지만, 각자가 서로를 부러워했어요. 한쪽은 자유를, 다른 한쪽은 안정감을. 지금 생각해 보면요, 그런 시간이 있었기 때문에 서로를 더 이해하고 더 가까워졌던 것 같아요."

5. 미국에서 만난 네쌍둥이

사실 미국에서의 1년이 막 그렇게 우울하거나 외롭기만 했던 건 아니에요. 생각해보면 인상적인 에피소드들이 꽤 있었어요. 축구까지 할 생각은 없었는데 근데 그쪽 학교 선생님이 저희 축구하는 거 보고 "너네 잘한다!" 하면서 바로 선수로 쓰시는 거예요. 그렇게 갑자기 뛰게 됐는데… 웬걸, 나중에는 우승까지 했어요! 탁구도 엄청 많이 쳤고요. 주말엔 친구들이랑 같이 여행도 갔어요. 소소한 이벤트도 되게 많았어요. 친구들이 저랑 승헌이 자꾸 헷갈려 해서 그걸로 장난도 치고, 자연스럽게 더 친해지기도 했거든요.

근데 잊을 수 없는 사건은 따로 있었어요. 바로 미국에서 또 다른 네쌍둥이를 만난 거예요! 네쌍둥이가 흔하지는 않잖아요. 그 친구들은 저희보다 세 살 정도 더 많았고, 그 학교의 갓 졸업한 졸업생들이었어요. 남자 둘, 여자 둘. 정확히 똑같은 구성. 그게 끝이 아니에요—진짜 너무 똑같이 생겼어요. 남자 둘은 거의 쌍둥이 수준으로 닮았고, 여자애 한 명은 남자 친구가 생기고 나서 조금 꾸미기 시작하면서부터 그나마 구별이 가능해졌대요. 그 전엔 친구들도 누가 누군지 잘 몰랐대요. 첫째랑 둘째도 진짜 구분 안 됐는데, 첫째가 운동을 엄청 열심히 해서 근육이 벌크업되면서 그때부터 좀 차이가 보이긴 했어요.

저희는 그 친구들 만났을 때 "와 진짜 신기하다, 세상에 우리만 있는 게 아니었네" 하면서 되게 놀랐어요. 그리고 동시에, 좀 웃겼어요. 저희가 그쪽을 보고 놀라고, 그쪽도 저희 보고 똑같이 놀라는 거예요. 진짜 드문 경험이죠. 미국에서 그렇게 우연히, 세상 어디엔가 또 다른 '우리 같은 사람들' 이 있다는 걸 처음으로 직접 느꼈던 순간이었어요. 미국 1년 은 힘들기도 했지만 우리에게는 역시 특별한 경험이었어요.

P.S.
마지막 날 밤, 짐 정리를 하면서 서로 이런저런 얘기를 했어요. "우리 진짜 갔다 왔네…" 그 말이 그냥 툭 튀어나왔는데, 괜히 울컥했어요. 처음엔 진짜 해방이다, 자유다 싶었는데 막상 1년이 지나고 나니까, 가족이 얼마나 소중한지 알겠더라고요. 엄마 밥, 채헌이의 웃음, 지헌이의 말투, 그게 그렇게 그리울 줄 몰랐어요. 그리고 저희(준헌 승헌)는 예전보다 훨씬 많이 서로를 이해하게 됐어요. 그때는 싸움도 많았고, 각자 따로 노는 시간도 많았는데 미국에서는 진짜 친구처럼, 진짜 형제처럼 서로를 바라보게 됐어요. 그렇게 우리 둘은 조금 어른이 됐고, 캐리어에 선물 꽉꽉 담고 다시 우리 네 명의 시간으로 돌아갔어요.

네 개의 심장,
하나의 이야기

II
봉사활동, 단기선교

1. 부모님과 함께하는 봉사활동: GIC(글로벌이미지케어)

저희 아빠는 의사예요. 근데 그냥 병원에서 환자만 보는 걸로 끝나는 게 아니고, GIC(Global Image Care, 글로벌이미지케어)라는 단체를 직접 만드셔서 꾸준히 봉사하고 계세요. GIC는 2010년에 아빠가 선교사님들이 계신 나라들을 돕기 위해 세운 단체예요. 전 세계 의료 사각지대에 있는 분들을 찾아가서 진료해주고, 건강 교육도 하고, 또 현지 사람들이 스스로 자립할 수 있도록 도와주는 의료 선교 단체예요. 주로 의료 봉사를 하긴 하지만, 보건소나 우물을 짓고, 교회 건축 등 다양한 사역을 하고 있어요. 엄마도 아빠와 함께 GIC의 이사로 활동하시면서 자문도 해 주시고 여러 잡무까지 같이 도와주고 계세요. 단체 이름인 "이미지 케어"에는 깊은 뜻이 있어요. 단순히 외모나 겉모습을 돌본다는 게 아니라, 사람이 하나님의 형상대로 지어진 존재라는 걸 기억하고, 그 존엄성을 회복하는 돌봄을 의미한다고 해요.

아빠는 오래전부터 의사라는 직업을 자신만을 위해 쓰는 것이 아니라, 꼭 필요한 사람들을 위해 나누는 게 당연하다고 믿으셨어요. 그래서 휴가가 생기면 해외로 의료 봉사를 나가시고, 국내에서도 난민이나 외국인 노동자 진료 같은 일을 교회 의료팀을 이끌며 꾸준히 봉사하셨습니다. 그런 아빠의 모습을 보고 자란 저희 네쌍둥이도 자연스럽게 배우게 됐어요. "아, 우리가 가진 걸 나누는 게 당연한 거구나." 이렇게요.

저희도 GIC 봉사 활동에 참여한 적이 있어요. 특히 기억에 남는 건, 10톤이나 되는 컨테이너에 병원과 학교에 필요한 물건들을 가득 실었던 일이었어요. 무더운 여름에도, 추운 겨울에도 이어진 일이었는데, 저희는 몇 번의 경험이었지만, 그 일을 30년간 묵묵히 감당해 오신 GIC 협력 선교사님을 보며 정말 존경스러웠습니다. 부모님께서 봉사를 삶으로 보여주셨기 때문에, 우리도 교회 강도사님 보호 아래 인도네시아에서 아이들 캠프 사역을 보람차게 감당할 수 있었던 것 같아요. 다음 페이지에는, 우리가 함께했고 또 각자 느끼며 삶으로 배운 이야기들을 들려드릴게요.

저희 아빠가 GIC에서 봉사하시는 것은 단순히 '의사라서 가능한 특별한 일'이 아니었어요. 우리도 세상을 이롭게 할 수 있는 작은 재능이 있다면, 누구나 기여하고 나눌 수 있다는 것을 깨닫게 해주셨죠. 우리 가족 모두가 한 방향을 바라보며 함께할 수 있다는 것이야말로 가장 큰 보람이자 기쁨이라고 생각합니다. 그래서 저희도 언젠가 아빠처럼, 더 큰 자리에서 누군가에게 도움이 될 수 있으면 좋겠다는 마음을 갖게 되었어요.

2. 부모님 없이 떠난 인도네시아 단기선교

그러다가 9학년 때 저희가 교회에서 인도네시아 단기 선교를 가게 되었어요. 국내에서는 부모님이랑 같이 봉사활동을 하긴 했지만, 해외로 그것도 저희 넷만 가게 된 건 처음이었어요. 그때 왜 가게 됐는지, 가서 가장 기억에 남는 게 무엇인지 한 번씩 얘기해볼게요.

준헌 처음에는 사실 아무 생각 없었어요. 선교에 특별히 뜻이 있었던 건 아니고, 그냥 아빠가 "한번 가보는 게 어떻겠니?" 하셔서 준비 모임 나가고 하다 보니까 '아, 진짜 가면 좋겠다' 이런 마음이 생겨서 가게 됐어요. 가서 인상적이었던 것은 아이들의 인사법

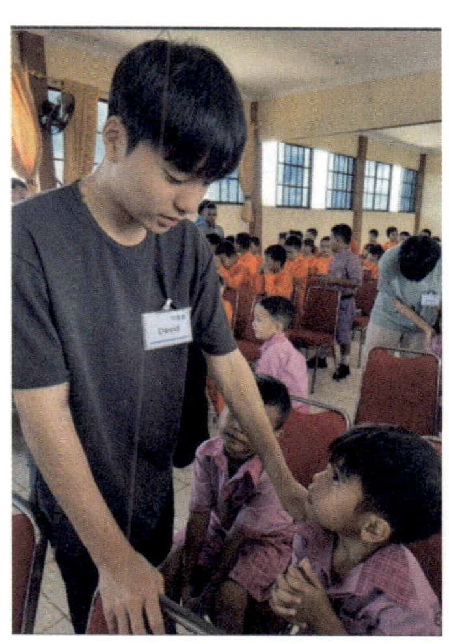

이었어요. 우리가 손을 내밀면 그 손을 자기 이마에 대는데, 그게 너무 귀여웠어요.

학교랑 센터에서 저희가 준비한 한국 놀이랑 활동을 할 때도 아이들이 진짜 잘 따라와줬고, 저희가 떠날 때는 차를

쫓아오면서 손 흔들어주던 모습이 아직도 생생하게 기억나요. 그리고 인도네시아어로 저희가 찬양 준비했는데, 아이들이 한국어로 '주 품에'를 준비해준 건 진짜 감동이었어요. 저희 거기서 애들이랑 수영도 하고, 림보도 하고, 물풍선 던지면서도 놀았어요. 그냥 그렇게 같이 어울리다 보니까 자연스럽게 애들이랑 되게 친해졌고, 또 저희 문화도 알려주면서 서로 더 가까워질 수 있었어요. 그리고 하나님을 전하고 함께 믿음을 나누는 시간을 가졌어요.

승헌 저도 그냥 처음엔 애들 다 가니까 당연히 같이 가는 거라 생각했어요. 근데 준비하면서 기도하고, 배경 설명도 듣다 보니까 '잘하고 싶다'는 마음이 커졌던 것 같아요. 거기서 저는 기타랑 영어를 가르쳤는데, 애들이 공부보단 노는 걸 더 좋아했어요. 그래서 한국 놀이 알려주고 같이 놀았는데, '무궁화 꽃이 피었습니다'는 대성공! 근데 '꼬리잡기'는 설명이 잘 안 통해서 실패했어요. 영어로 설명했는데 아이들이 좀 어려웠나 봐요.

또 빈민촌 사역 갔을 때 충격 받았어요. 진짜 전기도 물도 없고 박스 집에서 사는 거였거든요. 애들은 맨발로 다니는데 길에는 절벽처럼 가파른 데도 많고, 깨진 유리랑 쓰레기들이 널려 있어서 사람이 살아가는 데 기본적인 의식주

가 전혀 갖춰져 있지 않은 그런 촌기었어요.

저희가 집집마다 들어가서 기도를 해드렸어요. 그때 진짜 감사함을 많이 깨달았고 또 그분들을 위해서 마음 다해 기도했던 기억이 나요. 지헌이는 어떤 할머니 집에서 기도하다가 울었던 걸로 기억해요. 그 할머니가 위독한 병을 앓고 계셨던 것 같은데, 들어가면서 마음이 너무 아팠거든요.

그 순간 삶에 대한 감사함을 다시 느꼈어요. 사실 제가 얼마나 잘 살고 있는지 모르고 감사도 잊고 살았는데, 선교를 다녀오고 나니까 제가 얼마나 감사한 상황에 놓여 있는지 하나님이 깨닫게 해주셨어요. 신기한 건, 그렇게 열악한 환경인데도 애들이 너무 귀엽고 밝았다는 거예요. 저희가 생각했던 것보다 훨씬 행복하게 지내고 있었어요.

네 개의 심장,
하나의 이야기

또 놀라웠던 건 그 친구들이 한국 노래를 알고 있다는 거였어요. 몇몇 아이들이 핸드폰을 갖고 있었는데, 다 같이 그거 하나로 노래 듣고 공유하며 놀았어요. 한국에서 유행하는 노래나 전 세계적으로 인기 있는 음악들을 다 모를 줄 알았는데, 의외로 알고 있어서 되게 신기했어요.

촌 자체는 진짜 열악하고, 세상과 완전히 단절된 것 같았는데 그래도 아예 단절된 건 아니더라고요. 그 안에서도 뭔가 문화를 접하고, 또 자기들만의 방식으로 밝게 살아가는 모습이 참 인상적이었어요.

지헌 저는 중학교 때 처음 아빠가 선교여행을 제안하셨을 때, 사실 시간도 많이 들여야 하고 부담스럽게 느껴졌어요. 그런데 고등학교 때 다시 제안하셨을 때는 '좋은 경험이 될 것 같다' 싶어서, 이번에는 자발적인 마음으로 더 열심히 준비했고 정말 신경 많이 쓰면서 임했어요.

저는 빈민촌 사역이 제일 기억에 남아요. 진짜 말로 표현하기 힘들 정도로 열악했어요. 저희가 마을을 돌아다녀야 되잖아요. 집집마다 방문해서 기도해드려야 하니까요. 근데 그 집들을 찾아가는 길이 엄청 험했어요. 절벽은 아니지만 절벽 같은 가파른 길이 있어서 조심조심 걸어갔던 기억이 나요. 또 바닥에는 깨진 유리랑 깡통 쓰레기 같은 게 많아서

꼭 긴바지를 입고 가야 했고요. 근데 그렇게 가는 길에 아이들이 양손을 잡아주면서 같이 걸어주는 거예요. 한쪽 손에 한 명씩 매달리듯 잡고 걸어다니는데, 그게 진짜 귀여웠어요. 그런 환경에서 살면서도 아이들이 웃음을 잃지 않고 살아가는 모습이 신기하고 감동이었어요. 저뿐만 아니라 우리 모두에게요. 그때 정말 많은 걸 느끼고 배웠던 것 같아요.

채헌 저는 솔직히 처음에 자발적으로 선택해서 간 건 아니에요. 아빠랑 고등부 강도사님이 적극 추천해주셔서 간 건데, 막상 가보니까 "와, 오길 잘했다" 싶었어요. 저희가 그렇게 많이 간 건 아니고, 고등부에서 저희 4명하고 친구 2명 더 가서 학생은 총 6명이었어요. 거기에 선생님 3명, 간호사님까지 같이 가셨고요. 그중에 제가 혼자 여자였거든요. 그러니까 이게 평소 선교 가는 인원보다 되게 적은 인원

네 개의 심장,
하나의 이야기

이었단 말이에요. 그래서 준비할 것도 진짜 많았어요.

　선교 가기 전에 몇 번 만나서 인도네시아 공부도 조금 하고, 거기 가서 같이 할 워십 댄스도 외우고 그랬거든요. 워십 댄스 같은 건 제가 도맡아서 외우고, 또 애들한테 가르쳐주고 그랬어요. 그리고 인도네시아어로 찬송도 외우고, 일정 같은 것도 제가 다 짜고, 하여튼 준비할 게 엄청 많았어요. 그중에서 가장 기억에 남았던 건, 선교 센터에서 저랑 지헌이가 워십 댄스를 아이들한테 가르쳐줬던 순간이에요. 앞에 나가서 했는데, 그런 활동은 아무래도 처음이고 또 아이들이 엄청 많았거든요. 저는 무대에 서는 걸 좋아하긴 하지만 사실 부끄럼도 많고 낯도 가리는 편이라, 잘할 수 있을지 걱정이 됐어요.

그런데 막상 해보니까 아이들이 너무 좋아해 주는 거예요. 그래서 저도 뭔가 더 힘내서 할 수 있었던 것 같아요.

다만, 그 선교 센터에 에어컨이 없어서 진짜 덥긴 했어요. 춤을 워십 댄스로 계속 추는데 땀이 막 비 오듯이 나더라고요. 그 더움을 감수하면서 끝까지 춤췄던 기억이 있어요. 근데 신기하게도 육체적으로는 힘들었는데, 영적으로는 오히려 더 채워지는 느낌이었어요.

"저희가 갔던 빈민촌은 인도네시아 바탐섬이라는 곳이었어요."

이름만 들으면 뭔가 관광지 같은 느낌이잖아요? 근데 실제로 가보니까 생각보다 되게 다양했어요. 도시 같은 분위기도 있고, 한쪽에는 진짜 빈민촌도 같이 있었거든요. 바탐섬은 싱가포르 바로 옆이라서 배 타고 1시간이면 갈 수 있는 곳이에요. 그래서 그런지 섬인데도 공항도 있고, 큰 마트나 쇼핑센터도 있었어요. 저희가 즈로 활동했던 곳은 그런 화려한 지역이 아니고, 오히려 되게 열악한 환경의 마을이었어요.

특히 '나나스 마을'(나나스는 파인애플이라는 뜻이에요!)이라는 빈민촌이 있었는데, 진짜 이름만 예쁘고 실제는 너무 충격적이었어요. 판자로 만든 집, 물 안 나오는 집, 신문지로 벽

네 개의 심장,
하나의 이야기

막은 집도 있었고, 어떤 아이들은 전기도 물도 없는 집에서 살고, 박스로 만든 집이나 신문지로 막아놓은 집에서 지냈어요. 빗물 받아서 빨래하고 씻는 모습도 봤는데, 그게 너무 충격적이었어요.

그런데 신기하게도 그 속에서도 아이들은 웃음을 잃지 않고, 맨발로 흙길을 뛰어다니면서 저희 손 잡아주고 밝게 인사했어요. 그런 모습이 저희한테 진짜 인상적이었어요. 바탐섬에서 제일 기억에 남는 건 사실 환경보다 아이들이었어요. 저희 눈에는 너무 불편해 보이는 삶인데, 아이들은 진짜 순수하게 하루하루를 즐기더라고요. 저희가 뭐 특별한 걸 해준 것도 아닌데, 그 작은 것에도 엄청 고마워하고 신나하는 모습을 보니까, 저희가 더 배운 게 많았던 것 같아요.

그래서 선교 끝나고 돌아올 때, "나는 왜 이렇게 불평이 많았을까"하는 생각이 많이 들었어요. 그 아이들은 가난 속에서도 행복을 잃지 않는데, 나는 풍족하면서도 감사할 줄 몰랐던 거죠. 바탐섬 아이들 웃음은, 저희 마음에 지금도 남아 있는 순수한 빛 같아요.

우리가 그곳에서 배운 점

"가고 싶어서 간 건 아니었는데, 갔다 오니까 완전 다른 시야가 열린 것 같아요. 불평 많았던 제가 얼마나 감사 없는 삶을 살았는지 깨달았어요." (채헌)

저 같은 경우에는 선교를 막 엄청 가고 싶다 이런 마음은 사실 없었는데 갔다 오니 진짜 큰 깨달음을 얻은 것 같아요. 뭔가 "아, 하나님이 진짜 일하시고 계시는구나" 이걸 온몸으로 느낀 거죠. 그래서 제 가치관이랑 시야가 확 넓어졌다는 걸 진짜 체감했어요.

저는 원래 제 주어진 상황에 감사하지 않고 불평불만을 많이 했던 것 같아요. 그런데 인도네시아 가서 보니까, 안 좋은 환경에서도 진짜 열심히 살고 저랑 완전 정반대인 삶을 사는 아이들이 있었어요. 그 아이들이 저보다 훨씬 더 웃고, 더 밝게 행복하게 사는 거예요.

그 모습 보면서 '아, 나 진짜 뭐 하고 있었지?' 하면서 제 자신을 돌아보는 계기가 됐어요. 그리고 또 저희가 이번에 학생들이 주도해서, 학생들 힘으로 사역을 해본 건 처음이었거든요. 그래서 더 뿌듯했고, 하나님이랑 더 가까워진 기분도 들었어요. 선교 다녀온 뒤로는 하루하루가 더 감사하게 느껴지고, 그냥 사소한 것도 감사하면서 살게 된 것 같아요.

"힘든 상황에서도 애들이 해맑게 웃는 거 보면서 '내 불평은 아무것도 아니구나' 싶었어요. 선교사님들 보면서 나도 저렇게 좋은 영향을 주는 사람이 되고 싶다고 다짐했어요."
(승헌)

저는 뭔가 물론 재미있었고 좋은 기억이긴 한데, 제가 기여했던 행동들로 인해서 다른 애들이 재미있게 즐기고 또 은혜도 받았다는 게, 그게 되게 보람 있었던 것 같아요. 그리고 채헌이가 말한 것처럼 저도 진짜 감사했어요. 거기서 살아가는 사람들 보니까, '아 내가 불편하다고 느끼는 거 사실 아무것도 아니구나', '이 사람들이 이렇게 사는데, 내가 힘들다고 불평하는 건 진짜 아닌 거구나' 이런 생각이 많이 들었어요.

또 선교사님들을 보면서는 '와, 세상에 이렇게 좋은 영향을 끼치는 사람들이 많구나. 나도 저렇게 좋은 영향을 주는 사람이 되고 싶다'는 마음도 들었고요. 하나님의 일하심이 이런 오지까지도 뻗어나가는 걸 직접 보니까, 정말 놀라웠어요. 아이들이 전반적으로 너무 해맑고 귀여워서, 저도 덩

달아 힘을 많이 받았던 것 같아요.

물론 힘든 상황도 있었고, 고생도 많았지만 그걸 다 함께 헤쳐나갔던 시간들이 결국엔 다 추억이 되었어요. 울고 웃으면서 더 돈독해지고, 함께 감사함을 느낄 수 있었던 그런 시간이었던 것 같습니다.

제가 원래 인연을 되게 소중하게 생각하는 사람이거든요. 그래서 한국에 돌아와서도 그 인연들이 너무 아쉽고, '아, 정말 좋은 만남들이었구나' 하는 생각 때문에 몇 주 동안은 인도네시아 선교의 여운이 쉽게 가시지 않았어요. 인스타그램으로도 계속 팔로우하고 있어서, 나중에 게시물이 올라왔을 때도 너무 감동이었고요. 그냥, 정말 뜻깊은 시간이었어요.

"저는 '왜 나한테는 풍족한 삶을 주시고, 저 아이들에게는 가난한 삶을 주셨을까?' 이런 질문이 생겼어요. 그래서 내가 받은 풍족함으로 다른 사람들 더 돕고 살아야겠다는 마음을 먹었어요." (지헌)

제일 먼저는 정말 감사함을 많이 느꼈어요. 그곳 아이들은 제가 보기엔 부족하고 가난한 삶을 사는 것 같았거든요. 그런데도 웃음을 잃지 않고, 늘 감사하면서 살아가는 거예요. 그 모습을 보니까 제 삶을 돌아보게 되었어요. 저는 이미 풍족하게 살고 있으면서도 계속 하나님께 더 달라고만 요구했던 것 같고, 이기적이고 감사할 줄 모르는 제 모습을 발견한 거죠. 그래서 '아, 내가 진짜 감사하면서 살아야겠다'는 다짐을 하게 됐습니다.

또 '왜 하나님은 나에게는 이렇게 풍족한 삶을 주셨을까? 그리고 왜 이 사람들에게는 이렇게 가난한 삶을 주셨을까?' 곰곰이 생각하게 되었어요. 그러다 '아, 하나님이 나에게 풍족함을 주신 건 이 사람들의 몫까지 채울 수 있도록 하신 거구나'라는 걸 깨닫게 됐습니다. 그래서 앞으로는 가난한 사람들을 돌아보고, 필요한 곳에 사랑을 나누며 기여하는 사회적 책임을 다하는 그런 사람이 되겠다고 다시 한번 결단하는 시간이 되었어요. 그리고 무엇보다 이번 선교는 정말 은혜가 넘쳤고, 하나님 안에서 충만했던 귀한 시간이었습니다.

"저도 결국은 '감사'였던 것 같아요. 선교 통해서 신앙적으로도 한층 성장했어요. 그때도 사실 감사함을 잊고 살았는데, 거기 가서 애들이 행복하게 지내는 걸 보면서 '아, 그냥 주어진 상황에서 감사해야겠다' 이런 생각을 제일 많이 했구요. 또 신앙적으로도 한층 더 성장하게 되는 그런 계기가 되었던 것 같습니다." (준헌)

저희는 거기 문화도 체험하고, 음식도 먹고, 또 저희가 준비한 거 다 쏟으면서 지냈거든요. 그러다 보니까 거기 사람들하고도 많이 친해지고, 또 센터에서 활동하시던 현지인 분들과도 되게 가까워졌어요. 그래서 마지막 날에 저희가 떠날 땐 진짜 너무 아쉬웠어요. 몇몇 아이들이랑도 진짜 친해져서 더 그랬고요. 결국 너무 아수워서 되게 슬픈 이별을 할 수밖에 없었어요. 저희가 떠날 때 선생님들도 같이 울고, 마지막에 다 같이 기도하면서 아쉬운 이별을 했죠. 심지어 그분 인스타에도 장문의 스토리를 한국어로 올리셨는데, 거기에 "우리는 떨어졌지만 마음은 하나입니다." 이렇게 적으셨어요. 그거 보고 또 감동받았어요.

그리고 마지막 날에 현지 분들이 번역기 돌려가며 저희한테 하고 싶은 말 다 해주셨거든요. 엄청 축복하는 말들이라서, 마음이 따뜻해지고 감동이었습니다. 인도네시아 여정은, 우리에게 잊지 못할 기억의 한 페이지로 남았습니다. 우리는 하나 되어, 또 그렇게 함께했으니까요.

저희는 내년이면 모두 졸업을 해요.
고등학교를 마치면 진로를 선택해야겠죠?
기대도 되고 지금부터 고민이 많답니다.

우리의 미래,
과연 어떤 일이 펼쳐질까요?

6부. 미래를 향한 발걸음

1.
꿈에 대해서

지헌 솔직히 아직 뚜렷하게 "이거!"하는 전공은 없어요.
그래도 요즘은 심리학에 관심이 생겼어요. 사람 마음이 진
짜 신기하잖아요. 누군가의 상처를 이해하고 도와줄 수 있
다면 멋있을 것 같아서요. 아직은 그냥 여러 경험 쌓아보면
서 찾는 중이에요.

채헌 저는 경영학, 특히 마케팅 쪽이 요즘 제일 끌려요.
SNS도 좋아하고 이미지나 분위기를 만드는 걸 잘한다는 얘
기도 종종 듣거든요. 학교에서 스쿨 앰버서더 활동하면서
손님들 안내했을 때가 너무 재밌었어요. 그때 "이런 거 나랑
잘 맞는다" 싶었죠.

승헌 저는 어릴 땐 로봇공학자가 되고 싶었어요. 근데 막
상 수학이랑 코딩 배우다 보니까 "이걸 평생 즐겁게 할 수
있을까?" 싶더라고요. 그래서 지금은 오히려 확실히 정하지
않고, 대학 가서 더 깊이 있게 공부하고 경험하며 찾아보자
하고 있어요. 조급하게 정하고 싶진 않아요.

준헌 저는 원래 경제학 생각했는데, 요즘은 수학이나 물
리가 더 재미있어졌어요. 물리 수업 들으면서 선생님이랑
케미가 잘 맞았거든요. 원래 수학 좋아했는데, 물리랑 연결

네 개의 심장,
하나의 이야기

되니까 더 흥미롭더라고요. 그래서 요즘은 그쪽으로 마음이 많이 기울어져요.

2.
대학 생활에 대한 기대

채헌 저는 다양한 사람 만나는 게 제일 기대돼요. 일부러 한국인 친구들이랑만 어울리기보단 외국 친구들이랑도 친해지고 싶어요. 그리고 꼭 해보고 싶은 게 있는데… 댄스 동아리! 더 큰 무대에서 공연하는 거 진짜 해보고 싶어요.

승헌 저는 대학 가면 자유로운 분위기에서 자기관리 하는 걸 해보고 싶어요. 유혹도 많겠지만, 신앙 안에서 절제도 배우고 싶고요. 그리고 농구! 농구 동아리 들어가서 현지 친구들이랑 같이 뛰는 게 제 로망이에요.

준헌 저는 일단 공부요. 미국 대학은 입학보다 졸업이 더 어렵다고 하잖아요. 그래서 정신 바짝 차려야겠다 싶어요. 그렇다고 공부만 할 건 아니고 농구 동아리도 꼭 들어가서 친구들이랑 땀 흘리고 싶어요.

지헌 저는 자기 루틴 만들고 지켜보는 게 기대돼요. 운동도 하고 공부도 하고, 스스로 관리하면서 지내보고 싶어요. 그리고 외국 친구들이랑 어울리면서 영어로 디베이트도 하고, 농구도 계속 즐기고 싶고요.

3.
떠난다는 기대와 걱정

준헌 혼자 지내면 제 개성이나 스타일이 더 잘 드러나고, 그래서 스스로 더 성장할 수도 있을 것 같아요. 하지만 단점은, 지금처럼 늘 함께 지내면서 서로 의지하고 공감해주던 가족들이 곁에 없으면 많이 허전할 수도 있겠다는 점이에요. 미국에서 승헌이랑 둘이 있을 때도 힘들었는데, 만약 완전히 혼자라면 더 크게 느껴질 것 같아요.

그렇지만 한편으로는 후련할 것 같기도 해요. 네 명이 같이 살다 보면 빨래나 설거지 같은 집안일 때문에 '누가 했냐', '누가 어질렀냐' 하고 자주 부딪히잖아요. 그런데 혼자 살면 내가 한 건 내가 치우면 끝이라 갈등이 없을 테니까요. 결국 나만 잘하면 되는 거라서 오히려 편할 수도 있겠다는 생각이 들어요.

채헌 솔직히 대학 가면 혼자 생활해야 하니까 좀 낯설어요. 지금은 계속 붙어있어서 형제가 가끔 귀찮을 때도 있는데, 막상 떨어지면 엄청 그리울 것 같아요. 네쌍둥이가 제 삶에서 되게 큰 부분이었다는 걸 실감할 것 같아요.

승헌 저는 기대가 더 커요. 물론 처음엔 허전하겠지만, 혼자 살면 사소한 걸로 싸울 일도 없고 내 스타일대로 살 수 있잖아요. 각자 떨어져 지내면서 진짜 자기 개성이 더 뚜렷하게 드러날 것 같아요.

지헌 혼자 있는 건 아직 잘 상상이 안 돼요. 조용하면 좋기도 한데, 너무 조용하면 또 어색할 것 같기도 해요. 그래도 모든 걸 혼자 결정하고 책임지는 생활… 사뭇 기대돼요. 자유로우면서도 건강한 독립을 향한 성장의 기회가 되겠죠.

4.
우리가 되고 싶은 사람

준헌 저는 좋은 영향력을 주는 사람이 되고 싶어요. 친구들 챙기는 거 좋아해서, 나중에는 더 큰 여유로 다른 사람들도 돕고 싶어요. 조용하지만 따뜻한 사람, 그게 제 목표예요.

승헌 저도 비슷해요. 그냥 돈만 많은 사람 말고, 신앙 안에서 따뜻하면서도 하나님이 인도하시는 성공한 사람. 멋진 라이프스타일을 가지면서도 다른 사람들한테 귀감이 되는 사람이 되고 싶어요.

채헌 저는 독립적으로 잘 살아가는 사람이 되고 싶어요. 책임감 있게 자기 관리하면서, 부모님 걱정 안 시키고 가족과 주변 사람들한테 긍정적인 에너지를 주는 사람이요.

지헌 저는 하나님 안에서 흔들리지 않는 사람이 되고 싶어요. 문화적으로 다르고 유혹도 많겠지만, 그 속에서 믿음을 지키면 자연스럽게 선한 영향을 줄 수 있다고 믿어요.

네 개의 심장,
하나의 이야기

P.S.

우리 넷은 다르면서도 결국 공통점이 있어요. 따뜻하고 긍정적인 영향을 주는 사람, 그게 우리가 되고 싶은 모습이에요. 네쌍둥이로 자라면서 배운 가장 큰 가치가 아닐까 싶어요.

5.
부모님께 배운 것들

네쌍둥이가 말하는 "우리 부모님이 내게 준 영향"

부모님이라는 단어를 떠올리면 저희 넷은 똑같이 따뜻한 얼굴을 먼저 떠올려요. 근데 동시에, 서로 다른 장면과 감정도 함께 떠오르더라고요.

누군가는 책임감,

누군가는 자립심,

누군가는 신앙의 중심,

누군가는 사랑의 방식을 떠올려요.

준헌 저는 부모님을 떠올리면 말보다 행동이 먼저 떠올라요. 저희가 네 명이다 보니까 부모님은 진짜 많이 고생하셨어요. 아빠는 매일 새벽에 나가셔서 늦게야 돌아오셨고, 엄마는 몸이 안 좋으셔도 항상 저희를 먼저 챙기셨어요. 그런 모습을 보면서 삶으로 보여주신 가르침이란 게 뭔지 알게 됐어요. 진로나 전공을 선택할 따 직접적인 영향을 주셨다기보단, '내가 어떻게 살아야 하지?' '세상에서 어떤 태도를 가지고 살아가야 하지?' 그런 생각의 기준이 부모님 모습

네 개의 심장,
하나의 이야기

에서 만들어졌던 것 같아요. 지금 제가 느끼는 책임감이나 해야 할 일 앞에서 느끼는 의무감 같은 것도 다 그때 봤던 부모님의 모습에서 나온 거예요.

승헌 저도 준헌이 말에 완전 공감해요. 배운 건 말이 아니라, 삶 그 자체였거든요. 엄마는 우리 네 명 키우느라 진짜 고생 많으셨어요. 아빠는 새벽기도 다니시고, 늦게까지 일하시고, 하루도 쉬지 않고 자기 일을 해내셨어요. 그 모습은 지금도 진짜 존경스러워요.

그리고 저희 부모님은 자기 인생에도 최선을 다하셨던 분들이에요. 아빠는 의사가 되기 위해 종일 공부하셨고, 엄마는 고2 때 갑자기 진로를 무용으로 바꾸시고 하루 10시간씩 연습해서 결국 이화여대에 합격하셨대요. 그 얘기 들으면서 진짜 하고 싶은 걸 하려면 이렇게 살아야 하는 걸 알게 됐어요.

또 하나 중요한 건, 신앙적인 기준이에요. 아빠는 늘 "신앙이 먼저"라고 하셨고, 그 말이 저한테도 지금 삶의 기준이 됐어요. 해외에 나가도 중심 안 잃고 살 수 있었던 것도 그 가르침 덕분이에요. 그리고 가족이라는 울타리 안에서 서로의 룰을 지키는 것, 가정에 기여하는 것도 부모님 통해 자연스럽게 배웠어요. 지금의 제가 있기까지 그 모든 게 큰 힘이 됐어요.

채헌 저는 엄마가 해주신 "학원 없이 스스로 공부해보라"는 말이 아직도 기억에 남아요. 그땐 5월에 정말 중요한 시험이 있었는데, 엄마가 저를 학원에 보내지 않으셨어요. 처음엔 솔직히 이해가 안 됐어요. '이 중요한 시험을 학원 없이 어떻게 치르지?' 싶었거든요. 근데 나중에 알게 됐어요. 그 경험이 저한테 "혼자 공부하고, 혼자 이겨내는 힘"을 길러줬다는 걸요. 지금 생각해보면 엄다가 일부러 그런 기회를 만들어주신 거였어요. 대학교 가면 결국 스스로 공부해야 하니까요. 지금도 저는 가능하면 학원보단 제 힘으로 해보려는 편이에요. 물론 안 되면 도움도 요청하겠지만, 일단은 혼자 해보려고 해요. 그때는 몰랐지만, 지금은 정말 감사해요. 그 모든 게 저를 위한 준비였다는 걸 알게 됐으니까요.

지헌 저는 엄마한테는 사랑을, 아빠한테는 성실함을 배웠어요. 어릴 때부터 엄마는 항상 저희에게 정성을 다해주셨고, 아빠는 묵묵하게 자신의 자리에서 최선을 다하셨어요. 공부에 직접 영향을 받은 건 없지만, 삶의 방향에는 진짜 큰 영향을 받았어요. 저는 지금 '하나님 앞에서 바르게 사는 삶'을 삶의 목표로 삼고 있어요. 그건 정말 전적으로 부모님

네 개의 심장,
하나의 이야기

덕분이에요. 혼낼 때도, 기도할 때도, 항상 신앙과 연결해서 이야기해주셨어요. 그런 말과 모습들이 자연스럽게 제 안에 자리 잡았고, 지금도 저는 세상의 기준이 아니라 내가 믿는 성경적 기준을 따르며 살 수 있게 된 것 같아요. 그래서 저는 부모님 덕분에 지금의 제가 있다고 진심으로 믿어요.

"어릴 땐 부모님이 우리에게 뭔가를 해주시는 존재였는데, 지금은 부모님이 살아온 방식을 따라 배우는 시기가 된 것 같아요. 말로 들었던 게 아니라 삶으로 보여준 가르침. 그래서 더 깊고, 더 오래 남아요. 이제는 우리도 누군가에게 그런 좋은 영향력을 줄 수 있는 사람이 되고 싶어요. 부모님처럼요."

6.
우리의 유산 :
가정 안식일

네 개의 심장,
하나의 이야기

쌍둥이들이 말하는 가정 안식일은요

"우리 가족은 토요일 저녁마다 모여서 '가정안식일'을 지켰어요. 다른 약속을 잡지 않고, 꼭 가족끼리만 함께하는 시간이었죠. 어렸을 때는 목사님이나 강사님들을 초청해서 신앙적인 이야기나 교훈을 듣기도 했고, 끝나고 나서는 가족끼리 토론도 하고, 게임도 했어요. '몸으로 말해요'같은 낱말 맞추기를 한다든지 하면서요. 같이 웃기도 했고, 서로의 생각을 나누면서 사고력도 키울 수 있었어요. 특히 유대인들의 교육법 '하브루타'를 이대희 목사님께서 알려주셔서 대화의 장이 열린 것 같아요. 토요일 저녁은 단순히 밥 먹는 시간이 아니라, 배우고 대화하고 같이 즐기는 시간이었어요. 솔직히 사춘기 때는 귀찮을 때도 많았어요. 친구들이랑 놀고 싶은 마음도 있었고, 가족끼리 얘기하다가 갈등이 생기기도 했으니까요. 그래서 '왜 매주 해야 하지?' 싶은 순간도 있었죠. 그런데 이 시간이 없다면 일주일 동안 가족들 모두가 모여서 얘기할 기회가 없거든요. 다들 할 일들이 있고 바쁘니까요. 그래서 오히려 가정안식일 덕분에 서로 더 알아가고, 더 가까워질 수 있었다는 생각이 들어요.

특히 기억에 남는 건, 어릴 때 엄마 아빠가 창고에서 촛불이랑 장식을 꺼내 식탁을 꾸며주셨을 때예요. 멋진 저녁 분위기 속에서 맛있는 음식을 먹고, 함께 노래도 부르고, 인형극도 했었죠. 그때는 그냥 재밌었는데, 지금은 부모님이 우리를 위해 얼마나 준비해주셨는지 감사하게 느껴져요. 이제는 우리도 커서 바쁘고 공부할 게 많지만, 토요일 저녁은 여전히 가족끼리 모이는 시간이에요. 습관처럼 자리를 잡아서 친구들이랑 약속도 잘 안 잡게 되고요. 지나고 보니, 가정안식일은 단순히 '가족이 모이는 시간'이 아니라, 우리 가족이 함께 성장할 수 있었던 특별한 전통이었던 것 같아요."

가정안식일의 의미_ 아버지가 헌이들에게

우리가 가정안식일을 시작한 게 너희가 두 살, 세 살쯤 되었을 때였지? 이제 벌써 너희가 18살이 되었으니 정말 오래

된 전통이 되었구나. 무엇이든 꾸준히 한다는 건 그만큼 가치가 있다는 뜻이고, 그래서 중요한 거란다.

가정은 하나님께서 우리에게 주신 최고의 선물이야. 사람은 혼자 살아갈 수 없지. 무인도에 혼자 있다고 상상해보렴. 너무 무의미하고 재미도 없고, 미래도 없을 거야. 그래서 엄마 아빠는 너희에게 가정의 소중함을 가르쳐주기 위해, 토요일마다 특별한 교회 행사나 수술이 늦게 끝나는 경우를 제외하고는 언제나 가족과 함께하려고 했단다. 그러기를 벌써 15년, 16년이 된 거지.

엄마 아빠가 가정안식일을 통해 너희에게 전하고 싶었던 건 단순하다. 바로 관심과 사랑이야. 가정안식일은 너희를 향한 사랑을 삶으로 표현하는 방법이었던 것 같구나. 물론 그 시간 동안 인간이라면 피할 수 없는 희로애락—기쁨과 화남, 슬픔과 즐거움—이 모두 있었지. 그래서 아빠는 늘 궁금하다. 너희에게 가정안식일은 어떤 의미로 남아 있을까?

아빠 엄마도 완전하지 않고 부족하며, 실수도 잦다. 그래서 우리가 의도한 의미가 다 전달되지 못했을 수도 있겠지. 하지만 이렇게 오랜 시간 동안, 거의 95% 이상의 토요일을 가정안식일로 지켜왔다는 사실은 아빠에게도 큰 감사다.

처음 너희가 어릴 적에는 사실 하루하루가 가정안식일 같았어. 늘 부모와 함께 있었으니까. 하지만 이제 성인이 되기 직전인 지금, 너희는 점점 더 바빠졌고 앞으로도 더 바빠질 거야. 그럴수록 아빠는 너희가 가장 중요한 공동체, 삶의 기본 단위인 가정의 소중함을 잘 기억했으면 한다. 우리가 왜 가정안식일을 지켰는지 각자 곰곰이 생각해보고, 떠오르는 것을 기록해두렴. 카톡으로든, 노트에든. 그러면 10년, 20년 뒤에 다시 읽을 때 좋은 추억이 될 거라고 믿는다.

특히 우리는 가족이 많아서, 다른 가정보다 사회성을 기르기에 좋은 환경이었다고 생각한다. 너희는 부모의 관심과 사랑이 네 명으로 나누어져서 조금 적게 느껴졌을 수도 있겠지만, 그만큼 '나 아닌 다른 사람'을 더 많이 생각하게 되었지. 서로의 관계를 배우고 다듬는 데 큰 도움이 되었을 거야. 혼자 살거나 둘이 살면 관계의 경우의 수가 적어 갈등이나 불만도 줄어들겠지. 하지만 우리는 여섯 명이잖아. 경우의 수가 얼마나 많겠니? 계산해보면 매우 많을 거야. 여섯 명이 관계 맺는 건 참 복잡하다. 그런데 너희는 그것을 잘 경험했고, 좋은 관계로 승화시켜왔어.

아빠가 확신하는 건 이거야. 너희는 어떤 공동체에 가든지 좋은 사회성과 관계성, 그리고 하나님의 자녀로서의 정체성을 갖고 살아갈 거라는 것. 하나님의 사랑과 부모의 사랑을 많이 받은 존재라는 그 정체성을 갖고, 어디에서든지 정직하고 성실하게 살아갈 거야. 엄마 아빠가 지난 시간 동안 꾸준히 지켜온 것처럼 말이지.

알게 모르게 너희는 이미 많은 배려를 했고, 가정에도 기여해왔다. 다른 또래들과는 비교할 수 없는 특별한 경험과 능력을 갖추고 있지. 가정을 통해 '가족 공동체'가 얼마나 소중한 삶의 단위이고 행복의 단위인지, 너희는 삶 속에서 직접 배워왔을 거라고 아빠는 믿는다.

앞으로 사회에 나가면 어려움과 갈등, 답답함, 풀리지 않는 문제들, 때로는 환란과 고난도 맞닥뜨리게 될 거야. 하지만 가정안식일을 통해 얻은 끈끈함과 사랑, 그리고 무엇보다 하나님께서 우리 가정에 베푸신 은혜와 축복이 너희 삶을 덮어줄 거라고 믿는다.

내년이면 너희가 미국에 가게 되지. 그때는 지금처럼 가정안식일을 지키기 어려울지도 몰라. 그래도 아빠는 확신한다. 우리가 함께 지켰던 시간이 그립고, 소중한 추억이 되어 너희 마음에 남을 거라고. 좋았던 기억, 때로는 힘들었던 기억까지 모두 합쳐, 어느 가정에서도 쉽게 가질 수 없는 큰 자산이 되어있을 거야.

아빠가 너희에게 물려줄 것은 여러 가지가 있겠지만, 그중에서도 이 가정안식일의 유산은 특별하다. 그 안에 담긴 부모의 사랑, 하나님의 은혜, 그리고 때마다 부어주신 축복을 기억한다면, 우리 가정은 세상에서 가장 행복한 가정 중 하나일 거라고 아빠는 믿어.

그리고 바란다. 앞으로 준헌이, 승헌이, 채헌이, 지헌이, 너희가 각각 가정을 이루게 될 때도 사랑이 넘치고 하나님의 은혜가 충만한 가정이 되기를.

이제 앞으로 1년 남은 가정안식일을 더욱 소중하게 여기자. 사람 공동체임을 일깨우고, 본성 속에 자리한 이기심과 욕심, 그리고 우상들을 토요일만큼은 내려놓자. 귀한 시간을 내어 모이는 이 가정안식일을 더욱 아름답고 사랑스럽게 가꿔가자.

준헌이, 승헌이, 채헌이, 지헌이.
아빠는 너희를 진심으로 사랑한다.

네 개의 심장,
하나의 이야기

에필로그

에필로그 1

우리는 네쌍둥이예요.

처음부터 기적 같은 확률로 시작된 우리 삶은,

솔직히 말하면 쉽지 않았어요. 엄마 아빠의 눈물, 서로의 갈등,

친구들과의 비교, 유학 갔다 와서 적응 못 하고 방황했던

시간들… 다 있었거든요. 근데 뒤돌아보면, 그 모든 게 결국

우리 넷을 지금의 모습으로 만들어줬다는 생각이 들어요.

서로 귀찮아하면서도 끝까지 챙겨주는 게 가족이고, 넘어질

때마다 같이 일으켜주는 게 쌍둥이라는 거. 앞으로 우리 앞에

어떤 길이 펼쳐질지는 아무도 몰라요. 대학, 꿈, 독립… 각자

다른 선택을 하겠지만, 결국 마음 깊은 곳에서는 하나의 뿌리로

연결돼있다는 걸 알아요.

우리가 네 명이어서 다행이에요. 세상이 아무리 버겁고

외로워도, 돌아서면 항상 옆에 있어주는 사람이 셋이나

더 있다는 거. 그건 진짜 엄청난 선물이잖아요.

그래서 이 책의 마지막 페이지를 덮는 지금도,

우리 이야기는 끝난 게 아니에요. 앞으로 계속 써내려갈 또

다른 챕터들이 기다리고 있으니까요. 어쩌면 그건 책보다

훨씬 더 재밌고, 웃기고, 때로는 눈물 나는 이야기일 거예요.

앞으로 10년, 20년…

더 먼 미래에 저희들은 어떤 모습일까요?

우리 네쌍둥이의 이야기는, 이제 시작이에요.

네 개의 심장,
하나의 이야기

아빠가 헌이들에게 보내는 편지

사랑하는 준헌 승헌 채헌 지헌아.

이제 고등학교의 마지막 학년, 내년 대학진학을 앞두고 책을
출간하게 됨을 진심으로 축하하며, 여기까지 인도해주신
하나님께 깊은 감사를 드린다.
우리 헌이들이 어려운 과정들 모두 이겨내고, 이렇듯 밝고
건강하게 성장해준 것이 얼마나 고맙고 아빠, 엄마에게 큰
복인지 글로 다 표현하기는 힘들다.
너희들의 시작은 특별했단다. 4명의 아기들이 머물기에는 작은
자궁에서 건강히 지냈고, 너희들은 엄마도 힘들지 않고 건강할
수 있게 일찍 이 세상에 나와준 것인지도 모르겠어. 약하고
작은 몸을 극복하고 건강하게 자라준 것이 얼마나 고마운지
모른다. 그동안 씨름대회 우승, 축구 우승, 캐나다 아이스하키팀
주전, 댄스팀원, 4명이 모두 학교 농구팀의 주전으로 고등학교
간 리그에서 남녀팀 우승에 각자의 역할을 하였다. 시작은
미약하였으나 끝은 창대하리라는 말씀이 생각이 난다.

태어날 때 아무도 이런 결과를 예견할 수 없었던 하나님께서
계획한 기적의 이야기가 아닌가 싶다.

준헌(David). 하나님 뜻에 합한 다윗처럼 뛰어난 삶을
바라면서 지은 이름. KBS여유만만 프로그램에 18개월에
나갔는데 사회자의 테이블에 있었던 과일들을 우리 가족
테이블의 접시로 천연덕스럽게 가져와서 많은 시청자들에게
웃음을 선물하기도 하였지. 준헌이는 이름대로 씨름, 농구,
축구 등 스포츠 관심 분야에서는 탁월함을 보여왔다.
최근 AP과목으로 짧은 시험기간임에도 어려운 물리학을
선택하였는데 준헌이의 진취적인 도전 정신, 용기를 응원한다.
어떤 어려움도, 극복할 수 있다는 저력이 있음을 아빠는 믿는다.
영향력 있는 사람이 되는 비전이 있다고 말했었지, 준헌이의
꿈을 맘껏 펼쳐보아라.

승헌(Joseph). 이 세상에서 승리하기를 바라는 마음에서 지은
이름이란다. 아기 때부터 기쁨이 많았고, 세밀한 면이 있는
배려(consideration)와 기쁨의 전도사.
언젠가 아빠에게 미국의 유명한 세프를 흉내 내면서, 고기에
소금과 후추로 양념을 입히고, 정성스럽게 고기를 구워주었던
모습이 생각난다. 엄마의 마음도 가장 잘 읽어주고 반응하는

배려남. 지금은 농구 마니아지만, 어릴 적에는 미술에도
소질을 보여주었지. 특히 창의성과 개성이 돋보였던 그림들이
생각난다. 앞으로 무엇을 공부하든지, 너의 예술적 소양이 전공
분야와 콜라보가 되어서 큰 힘을 발휘할 것으로 믿는다.

홍일점 채헌(Esther). 우리 집안에 딸이 한 명 있다는 것이
얼마나 다행이고 보배인지 모르겠다. 모범생인 줄만 알았는데,
학교 축제에서 춤을 추는 채헌이를 보고 깜짝 놀랐었어.
자신감 있고 유연한 몸짓은 엄마 아빠뿐만이 아니라 관중의
시선을 집중시켰고 많은 박수와 환호성을 받았지. 어디서 저런
에너지와 열정이 나오는지 가만 생각해보니 무용을 전공한
엄마의 유전자를 받은 것인가? 무대에서 관중이 원하는 것을
표현할 줄 아는 채헌이의 꿈 중에 마케터가 있다고 했는데,
사람들의 욕구를 발견하고 이를 충족시킬 방법을 제안할 수
있는 일과 채헌이의 강점이 잘 맞는 것 같다. 채헌이의 재능과
미래를 응원한다.

지헌(Daniel). 지혜로운 삶을 살라는 의미로 지은 이름이란다.
성경의 가르침을 잘 듣고 수용하는 지헌이는 듣는 마음이
탁월하지. 최근 학교채플 찬양 리더로 섬기는 모습을 보면서
지혜로운 리더의 기질을 발견하게 된다. 생각이 깊고 진지하고

조용함 가운데 움직이는 힘이 너에겐 있단다.

사려깊은 행동이 큰 장점이지. 6학년 캐나다에서 축구
골키퍼로서 활약할 때 상대의 슛을 몸을 날리며 막는 용감한
모습에서 아빠는 감동을 받았단다. 아이스하키에서도 열심히
뛰어 인터뷰 기사가 캐나다 지역 신문에도 게재가 되었었지.
참 대견한 모습이 아닐 수 없다. 농구에서도 자신감 있게
슛을 날리는 모습처럼 무슨일이든지 자신감 있게 도전하기를
바란다. 사려 깊은 지헌아, 시작이 반이다. 용감한 지헌이를
응원한다.

너희들은 태어날 때부터 축복의 존재다.

사시사철 푸른 나무가 되기를! 우리 가정에 복으로 왔으니,
이 사회에서도 복을 나누는 축복의 통로가 되기를 기도한다.

일반적으로 산모 나이 35세가 넘으면 기형의 확률이 많이
높아지는데, 너희들은 4명이기 때문에 위험의 확률이 높았었다.
감사하게도 정상적으로 태어난 것뿐 아니라 건강하고 밝게
자라는 것이 얼마나 고마운지 모른다. 이 사실이 아빠로 하여금
안면 기형으로 태어난 아이들을 치료하는 동기가 되었단다.
너희가 태어난 2007년 10월부터, 아빠가 저개발국가의
아이들에게 구순구개열 무료 수술을 시작하였는데 너희들이

네 개의 심장,
하나의 이야기

아빠의 의료 봉사의 동기부여가 된 셈이지.

너희가 부요하고 성공된 삶을 누리는 방법은 바로 사랑하는 삶이다. 성경이 가르쳐 준 진리를 사랑하고, 사람을 사랑하는 것이다.

선한 길을 걸으며, 나누어 주기를 좋아하고 너그러운 사람이 되기를 바란다.

4명이 함께 생활하며 어려움들도 많았을 텐데, 그럼에도 잘 성장해준 너희들이 고맙다. 이제, 각자의 미래를 향해 진로의 길을 선택해야 하는 12학년. 보이지 않는 미래가 불확실하겠지만, 어떤 길을 갈지라도 이미 형통한 길을 가고 있다는 것을 확신하고, 기쁜 마음과 긍정적인 마음을 가지고, 미래를 향해 힘차게 발걸음을 내딛기 바란다.

2025년 8월 31일

준헌 승헌 채헌 지헌이를 사랑하는 아빠가

엄마가 헌이들에게 보내는 편지

나의 목숨보다 소중한 준헌, 승헌, 채헌, 지헌아

너희들은 엄마의 최고의 아들, 딸이야.
너희들에게 젖을 물리며 눈을 맞추고 언제나 이 찬양과
말씀을 들려주었지.

"너는 담장 너머로 뻗은 나무 가지에 푸른 열매처럼
하나님의 귀한 축복이 삶에 가득히 넘쳐날 거야.
어떤 시련이 와도 능히 이겨낼 강한 팔이 있어.
전능하신 하나님께서 너와 언제나 함께하시니,
너는 하나님의 사람, 이름다운 하나님의 사람.

나는 널 위해 기도하며 네 길을 축복할 거야.
너희들은 하나님의 선물, 사랑스러운 하나님의 열매.
주님 품에 꽃 피운 나무가 되어줘~"

이렇게 잘 자라주어 이제는 집이라는 담장을 넘어 더 넓은

네 개의 심장,
하나의 이야기

땅으로 유학을 떠난다고 준비하면서, 엄마 아빠에게 이런
귀한 책을 선물로 주어서 너무 고맙다. 엄마는 예수님을 너무
사랑해. 목숨을 아까워하지 않으시고 목숨값으로 우리에게
영원한 생명을 주셨잖아. 엄마도 너희들을 낳을 때 할아버지는
딸 죽는다고 큰 걱정을 하셨지만, 엄마는 너희들을 향한 하늘의
뜻에 순종했단다.

목숨값으로도 바꿀 수 없었던, 너희들의 존재가 이렇게
존귀하단다. 엄마의 엄마는 서른 후반에 하늘나라에 가셨는데,
엄마는 서른 후반에 너희들을 낳았어.
12살, 엄마의 사랑을 더 받고 싶었던 그 어린아이의 외로움을
예수님께서 함께해주셨고 많은 것으로 채워주셨지. 하지만
엄마는 너희들의 사춘기를 지내며 마치 블랙홀 같은 나의
엄마와의 경험이 없었고, 또 엄마도 처음이다 보니 너희들을
노엽게 한 적이 있었을 거야. 그럼에도 이렇게 영육이 건강하게
자라게 하신 것은 분명 하나님의 은혜이다.
엄마의 젊은 시절, 힘들 때마다 붙들었던 말씀. 또 젖먹이
너희들의 초롱초롱한 눈을 보며 간구하며 붙들었던 말씀.
너희들을 양육하며 울고 싶을 때마다 위로해 주신 말씀을
적어본다.

너희들의 인생길을 축복하며, 때론 시련이 올지라도
너희들에겐 능히 이겨낼 강한 팔과 전능하신 하나님이
함께하심을 잊지 말기를 엄마는 끝까지 기도하며 응원할게.

이사야 41:10

두려워하지 말라, 내가 너와 함께 함이라.

놀라지 말라, 나는 네 하나님이 됨이라.

내가 너를 굳세게 하리라. 참으로 너를 도와주리라.

참으로 나의 의로운 오른손으로 너를 붙들리라.

So do not fear, for I am with you;

do not be dismayed, for I am your God.

I will strengthen you and help you;

I will uphold you with my righteous right hand.

민수기 6:24~26

여호와는 네게 복을 주시고 너를 지키시기를 원하며,

여호와는 그의 얼굴을 네게 비추사 은혜 베푸시기를

원하며, 여호와는 그 얼굴을 네게로 향하여 드사

평강 주시기를 원하노라 할지니라.

네 개의 심장,
하나의 이야기

"The LORD bless you and keep you;

the LORD make his face shine on you and be gracious to you;

the LORD turn his face toward you and give you peace."

시편 126:5~6

눈물을 흘리며 씨를 뿌리는 자는 기쁨으로 거두리로다.

울며 씨를 뿌리러 나가는 자는 반드시 기쁨으로

그 곡식 단을 가지고 돌아오리로다.

Those who sow with tears will reap with songs of joy.

Those who go out weeping, carrying seed to sow,

will return with songs of joy, carrying sheaves with them.

2025년 8월 31일

헌이들을 사랑하는 엄마가

네 개의 심장,
하나의 이야기

네 개의 심장, 하나의 이야기

ⓒ 이준헌, 이승헌, 이채헌, 이지헌, 2026

초판 1쇄 발행 2026년 1월 5일

지은이	이준헌, 이승헌, 이채헌, 이지헌
펴낸이	이기봉
디자인	엔드노트 김수진
펴낸곳	도서출판 좋은땅
주소	서울특별시 마포구 양화로12길 26 지월드빌딩 (서교동 395-7)
전화	02)374-8616~7
팩스	02)374-8614
이메일	gworldbook@naver.com
홈페이지	www.g-world.co.kr

ISBN   979-11-388-5174-9 (03810)